試論我國近代童話觀念的演變

兼論豐子愷的童話

林文寶◎著

目　錄

第壹章

緒論

本文擬從我國近代童話觀念的演變與轉向爲主軸，從其中瞭解「現代童話」的形成過程。時間是自《童話》叢書（一九〇九年）出刊至國民黨政府退守台灣爲止（一九四九年）。童話，從孫毓修創辦《童話》叢書，開始有了名稱，〈無貓國〉是第一篇被冠以「童話」名稱的編譯作品，而後，茅盾開始寫出第一篇創作童話〈尋快樂〉，鄭振鐸做了很有效的童話推廣工作，葉聖陶創作了〈小白船〉藝術童話，到了《稻草人》童話集的問世，中國現代童話於焉形成，可以說進入了當時的一個高峯，加以魯迅對童話的支持，一條中國的現代的童話道路便開發完成了。

論題之所以選擇童話，蓋我國新時代的兒童文學運動的主要內容和業績，以及倡導兒童文學者，大多把注意力放在童話和兒童詩這兩種體裁上，尤其是童話。是以盛巽昌於〈鄭振鐸和兒童文學〉一文裡說：「一部現代兒童文學史，狹義地說，就是童話史。二十年代，鄭振鐸等的披荊斬棘，使它在兒童文學中佔有首要的位置，爾後在前進中，又發展了三十年代的知識（科學）童話，抗日和解放戰爭時期的政治童話。」（見少年兒童出版社《鄭振鐸和兒童文學》，頁569）

除外，並以豐子愷童話爲例證。豐氏「童話」是個錯置的用語，而全部的豐氏兒童文學作品亦是個錯置時代的產物，他的作品不在演進的行列，他的作品也不是典範，可是卻頗具特色與意義。因此，在論文中除介紹豐子愷與兒童文學作品、豐子愷兒童文學作品的特色外，又論述豐子愷在兒童文學史上的地位，其論證是以敍事理論分析豐氏作品，並與葉聖陶《稻草人》童話集相比較，從其中論定豐氏作品的地位與價值。

本文雖以童話觀念的演變為主軸，並兼論豐子愷童話為輔，但勢必對近代兒童文學的緣起、文學研究會與兒童文學運動、童話界定等前行事實有所說明，試依次說明如下：

第一節　現代兒童文學的緣起

我國新時代的兒童文學發軔於何時？這是個有趣，且爭議甚多的問題。有人認為是源於孫毓修編譯的〈無貓國〉（一九〇九年三月）。他們認為新時代的兒童文學萌蘖於外國童話的移植，而〈無貓國〉是新時代兒童文學誕生的標誌。因此，有人認為孫氏是「現代中國童話的祖師」。

還有人認為中國眞正的兒童文學是伴隨著「五四」新文化運動才開始發展

起來的，並以爲葉聖陶的《稻草人》一書是給中國童話開了一條自己創造的路。

其實，從近代的文獻資料中，我們可以知道晚清以來的兒童文學，已如同繁星璀璨的夜空，呈現一片燦爛多彩的景象。不僅其上限年代遠遠超過了〈無貓國〉問世的時間，而且更值得欣喜的是，中國近代許多著名的啓蒙思想家、文學家、藝術家、翻譯家、詩人，都曾留心於兒童文學，爲中國兒童文學史寫下光耀奪目的一章。同時，我們更發現新時代的兒童文學的發展更與通俗文學、國語等運動息息相關。

申言之，所謂兒童文學的出現，即是傳統啓蒙教育的解組，亦即是整個新文化運動的一環而已。而所謂新文化運動，其實亦只是近一百多年來中國現代化運動之一而已。

傳統而古典的中國，近百多年來，遭遇到自古所未有的挑戰，產生了巨大深刻的形變。對中國來說，這是個屈辱的世紀，也是個尋求富强的世紀；這是個失落的世紀，也是個再生的世紀，這是中國傳統解組的世紀，也是中國現代化的世紀。

中國的巨變緣自於兩個陌生世界的相遇。以事件而言，則始於鴉片戰爭（一八三九～一八四二年）之失利，始驚奇於西方帝國主義的船堅炮利；而後光緒二十年（一八九四年）中日甲午戰爭之慘敗，遂構成廣泛覺醒之重大關鍵，形成種種思想變化。因此，中國的現代化一開始即與政治發生最深的關係，因爲這是與中華帝國的存亡問題不可分的。是以，中國近一百多年來的現代化運動，實是一雪恥圖强的運動，分析到最後，則是一追求國家「權力」和「財富」的運動。而所謂雪恥圖强，其基本的動念乃在於保本，乃在使「中國之爲中國」有可能，亦即維持中國之「認同」。要追求「權力」與「財富」，則中國須有所「變革」，亦即使「中國之爲中國者」有所變。這一百多年來，中國的知識分子對中國現代化的認知即自覺與不自覺地環繞在「認同」與「變革」這兩個觀念上。

金耀基即以「認同」與「變革」兩個觀念爲樞紐，認爲中國一百多年來的現代化歷經五種不同的性格：

曾國藩、李鴻章以及張之洞等人的同光的洋務運動。

康有為、梁啟超等人的戊戌維新運動。

孫中山先生的辛亥革命，建立民國。

陳獨秀、胡適等人的新文化運動。

共產黨的社會與文化大革命。（詳見《金耀基社會文選》，頁11～14）

因此，我們可以了解新時代的兒童文學，事實上只是中國現代化過程的一小環而已。當然，我們不能否認，新時代兒童文學的眞正覺醒與發展，是始於「五四」時期。而這種覺醒與發展，又是應運而生的。在近代中國政治、經濟、文化發生急劇變革的時代潮流中，在民族民主革命思想的衝擊與「歐風美雨」影響下，它終於在近代中國文壇開始勃興。再加上它與源遠流長的中國文化一脈相承。因此，它在短暫的三十年裡，迅速地發展、壯大和成熟，以卓著的實績、獨特的風姿屹立於世界兒童文學之林，一個重要的原因就是它深深地植根於悠久、優秀的文學傳統的土壤。

從晚清到辛亥革命，是我國現代兒童文學醞釀、草創與開拓的時期，也是積蓄力量、銳意發展的一個時期。從近代的文獻資料中，可以看到我國現代兒童文學的興起，帶有下列四個特點：

1.是在列強入侵，隨著資本主義的萌芽，在愛國救國、力圖發展新式教育、振興中華的思想下提出的。

2.由於兒童文學的積極倡導者大多是資產階級改良派，因此，當時兒童文學作品的內容或形式都帶有濃厚的改良主義色彩。

3.它一開始就把兒童文學認定爲宣傳教育的一種手段。

4.注意了民族的，也吸收了外國的，兩者比較，對前者又大半處於不自覺的狀態。（見張香還《中國兒童文學史》，頁44～45）

由於現代兒童文學的興起，具有上述四個特點。因此在《中國現代兒童文學史》一書的〈緒論〉中，曾稱我國現代兒童文學，與世界各國兒童文學相比，與我國現代文學中的成人文學相比，亦具有四項鮮明的特色：

首先，中國現代兒童文學起步遲，然而起點高、發展快，這在世界兒童文學發展史上是獨樹一幟的。

其次，中國現代兒童文學與現實生活緊密結合，是時代生活的一面眞實的鏡子。

再次，注意教育方向性是中國現代兒童文學一個顯著的特點。

最後，中國現代兒童文學具有鮮明的民族風格。（詳見蔣風主編本，頁7～12）

第二節　文學研究會與兒童文學運動

醞釀時期的兒童文學，還不能擺脫舊文化、舊思想的影響，但是，它緊緊地適應了時代的需要，面對兒童文學是爲教育兒童的這一特定的任務，作出了一定的歷史貢獻。直到提倡科學與民主的五四新文化運動興起，中國的現代兒童文學才不論從形式還是內容，出現了前所未有的變革。五四爲它注入了新的血液，顯示出了五四所賦予的嶄新的姿態。從此，中國的現代兒童文學才眞正邁開腳步。它作爲中國現代文學一個重要的組成部分，爲自己的發展，開闢了廣闊的前程，於是有所謂的「兒童文學運動」出現。而所謂的「兒童文學運動」，又與「文學研究會」息息相關。

「兒童文學運動」一詞，是朱自清所採用的。朱氏於一九二九年，在清華大學執教時編寫《中國新文學研究綱要》時，就獨具慧眼，在「文學研究會」的欄目裡，特別標明了「兒童文學運動」一項。這份「綱要」雖只是一個綱目性的章節提要，尚未形成完整的文字，但從其中我們卻可以看出一個「五四」新文化運動的參加者和早期學者，對「文學研究會」所發起的「兒童文學運動」

的特別關注和高度評價。

「文學研究會」是中國新文學運動中最早成立的一個新文學團體。它的成立，是五四新文化運動和文學革命深入發展的結果；也標示著新文學運動已經從一般的新文化運動中分離出來，而成爲一支獨立的隊伍。

「文學研究會」籌備於一九二〇年十一月，發起者爲周作人、朱希祖、耿濟之、鄭振鐸、瞿世英、王統照、茅盾、蔣百里、葉紹鈞、郭紹虞、孫伏園、許地山等十二人。一九二一年一月四日，該會在北京中央公園正式宣告成立，推舉鄭振鐸爲書記幹事，確定由茅盾在上海主編且經過革新的《小說月報》作爲代用會刊。魯迅雖沒有正式加入，但他與該會觀點接近，關係密切，並給予很大的支持。在《文學研究會會員錄》上先後登記過的有一百七十二人，主要成員包括朱自清、謝冰心、廬隱、王魯彥、俞平伯、徐玉諾、趙景深、謝六逸、夏丏尊、胡愈之、豐子愷等一大批有影響的作家、詩人、理論家和翻譯家。他們有組織、有綱領、有自己的園地——《小說月報》、《文學旬刊》（後改名《文學周報》）、《詩》月刊，並出版了《文學研究會叢書》一百二十五種，有自己的代表性作家與理論家——茅盾、鄭振鐸是該會實際上的理論指導者與兩大台柱，而葉聖陶、謝冰心、廬隱、王統照、朱自清、許地山、王魯彥等則被視爲最能體現文學研究會文藝思想與創作傾向的代表作家。由於文學研究會主張「爲人生而藝術」的文藝思想，在反對「文以載道」的封建文學的同時，也反對「鴛鴦蝴蝶派」的遊戲文學和唯美文學的不良傾向，堅持文學「爲人生」並要「改良人生」的方向，因而史稱「人生派」。在創作方法上，文學研究會繼承《新青年》的傳統，高揚現實主義的旗幟，並把現實主義最終推動成爲中國現代文學的主導思潮。試引錄〈文學研究會宣言〉全文如下：

我們發起這個會，有三種意思，要請大家注意。

一、是聯絡感情。本來各種會章裡，大抵都有這一項；但在現今文學界裡，更有特別注重的必要。中國向來有「文人相輕」的風氣；因為現在不但新舊兩派不能協和，便是治新文學的人裡面，也恐因了國別派別的主張，難免將來不生界限。所以我們發起本會，希望大家時常聚會，交換意見，可以互相理解，結成一個文學中心的團體。

二、是增進知識。研究一種學問，本不是一個人關了門可以成功的；至於中國的文學研究，在此刻正是開端，更非互相補助，不容易發達。整理舊文學的人也須應用新的方法，研究新文學的更是專靠外國的資料；但是一個人的見聞及經濟力總是有限，而且此刻在中國要蒐集外國的書籍，更不是容易的事。所以我們發起本會，希望漸漸造成一個公共的圖書館研究室及出版部，助成個人及國民文學的進步。

三、是建立著作工會的基礎。將文藝當作高興時的遊戲或失意時的消遣的時候，現在已經過去了。我們相信文學是一種工作，而且又是於人生很切要的一種工作；治文學的人也當以這事為他終身的事業，正同勞農一樣。所以我們發起本會，希望不但成為普通的一個文學會，還是著作同業的聯合的基本，謀文學工作的發達與鞏固：這雖然是將來的事，但也是我們的一個重要的希望。

因以上的三個理由，我們所以發起本會，希望同志的人們贊成我們的意思，加入本會，賜以教誨，共策進行，幸甚。（據業強版《中國新文學大系》冊十〈史料索引〉，頁71～72引）

一九二一年到一九二七年，「文學研究會」積極活動，日益發展壯大，是該會的全盛時期。而後隨著政治、社會現狀的改變，該會成員逐漸走上分化的道路。一九三〇年「左翼作家聯盟」成立後，中國文壇各個流派出現新的分裂和組合，文學研究會的活動也逐漸減少。一九三二年一月，在上海「一二八」事變中，作爲「文學研究會」主要陣地的《小說月報》被迫停刊，該會也就在無形中解體了。「文學研究會」對中國現代兒童文學的貢獻是多方面的，首先就是團結了「五四」前後出現的一大批熱心兒童文學的作家，在「文學研究會」的旗幟下，形成了中國第一支強大而有力的兒童文學隊伍。王泉根在《現代兒童文學的先驅》一書中，曾從歷史的觀點論其對現代文學與現代兒童文學的貢獻與地位如下：

從現代文學的發展歷史考察，文研會所持的文學主張（為人生而藝術）、創作方法（現實主義）以及貢獻卓著的創作實績，曾給二十年代的中國文壇以極其深刻的影響，從「五四」文學革命到三十年代的左聯文學之間，起了一個承前啟後的偉大作用。從現代兒童文學的發展歷史考察，文研會響應了「五四」的時代要求，開始了兒童文學的拓荒工作，在二十年代掀起了一場有聲有色的「兒童文學運動」，以創作為中心，並在理論、翻譯、編輯等幾個方面都作了重大的貢獻，把中國的兒童文學大大地推向了前進，為三十年代兒童文學的發展開拓了道路。正如「五四」時期新文學社團的湧現是中國新文學成熟的重要標誌一樣，二十年代由文研會這樣一個人數最多，影響很大的新文學社團掀起的「兒童文學運動」，正是中國新兒童文學成熟的一個重要標誌。文研會在新文學史上活躍的時期，正是中國的兒童文學興旺發達、突飛猛進的時期。歷史已經為文研會在中國兒童文學史上樹立起了閃光的豐碑。（見頁11）

其實，與其說「兒童文學運動」與「文學研究會」息息相關，不如說它是「五四」時代的啓蒙主義者，高舉「民主」與「科學」兩大旗幟，向傳統、封建社會發起猛烈進攻，鼓吹個性解放，要求人格獨立，一時形成洶湧的時代思潮。由陳獨秀、李大釗、胡適等人，在思想文化界和知識青年界中吹響了思想解放運動的號角，魯迅在《狂人日記》（一九一八年）中最先吶喊「救救孩子」。於是「爲人生」的文藝思想決定了文學研究會關心兒童、重視兒童文學的必然性，促使他們自覺承擔起「爲兒童而藝術」的神聖使命。就在文學研究會籌備之際，該會發起人之一，也是〈文學研究會宣言〉的起草人周作人，即在《新青年》（一九二〇年十二月第八卷第四號）上發表了新文學史上的第一篇系統論述兒童文學的重要文章〈兒童的文學〉，他熱情鼓吹倡導兒童文學，他說：

我希望有熱心的人，結合一個小團體，起手研究，逐漸收集各地歌謠、故事，修訂古書裡的材料，翻譯外國的著作，編成幾部書，供家庭學校的用，一面又編成兒童用的小冊，用了優美的裝幀，刊印出去，於兒童教育當有許多的功效。（見《兒童文學小論》，頁80）

而後，一九二一年三月，在「文學研究會」成立兩個月之際，葉聖陶在《晨報》副刊發表的〈文藝談〉中大聲呼籲：

為最可寶愛的後來者著想，為將來的世界著想，趕緊創作適於兒童的文藝品，總該列為重要事件之一。我以為創作這等文藝品，一、應當將眼光放遠一程；二、對準兒童內發的感情而為之響應，使益豐富而純美。請略為申說：感情的薰染，其活力雄於智慧的辯解。所以諄諄詔告不如使其自化。兒童所酷嗜的文藝品中苟含有更進步的思想，更妙美的情緒，他們於不知不覺之間受其薰染，已植立了超過他們父母的根基。這不是文藝家所樂聞而又當引以為己任的麼？兒童既富感情，必有其特質。文藝家感受其特質，加以藝術的制練，所成作品必且深入兒童之心。他們如得伴侶，如對心靈，不特固有的情緒不致阻遏，且將因而更益發展。此何以故？就因為文藝品裡所表現的就是他們自己的。文藝家於此可以知道不是兒童的心情不足以為適於兒童的文藝品的材料了。（據《葉聖陶和兒童文學》，頁439引）

我們最當注意的還要數到兒童。現在的成人與文學疏遠，實在是一種莫大的損失。倘若叫兒童依著老路，只是追蹤前人，那就是全民族的永遠的損失了。所以他們需得改換新路，立定在新的基礎上。（同上，頁444引）

是年七月，「文學研究會」成員嚴既澄在上海國語講習所暑假專修班上，向來自全國十五省的五百多位教師作了〈兒童文學在兒童教育上之價值〉的演講（全文見王泉根《中國現代兒童文學文論選》，頁60～63），强調「眞正的兒童教育，應當首先著重這兒童文學」，呼籲學校、教育部來重視兒童文學。時隔一年，一九二二年七月，「文學研究會」的兩位核心人物沈雁冰與鄭振鐸應邀去浙江寧波暑假教師講習所講學，鄭振鐸講演了〈兒童文學的教授法〉（同上，頁212～218），對兒童文學的性質、作用、特點、原則等作了全面性論述。同年一至四月，趙景深與周作人以書信的形式在《晨報》副刊展開了一場「童話討論」，這場討論擴大了童話的地位與影響，糾正了當時文壇對童話的一些錯誤看法。

上述的活動現象，皆與「文學研究會」「爲人生而藝術」的思想完全一致。這也正是他們發起「兒童文學運動」的重要思想基礎與輿論準備。他們在歷史使命的感召下，以《兒童世界》、《小說月報》爲陣地，掀起了一場有聲有色的「兒童文學運動」。

「文學研究會」掀起「兒童文學運動」並不是偶然的，他們中的不少人，尤其是發起者和骨幹作家都與兒童文學結下了不解之緣，在加入「文學研究會」之前就已開始從事兒童文學。有的在出版機構擔任兒童讀物的編輯，有的是小學教師，有的熱心翻譯外國兒童文學，也有的很早就開始研究童話、兒歌。正由於他們同聲相應，同氣相求，有著共同的「爲人生」的文學宗旨與「爲後來者」的强烈責任感。因此，當他們集合在「文學研究會」的旗幟下，自然更能聯絡感情，互相促進，集中力量，推動兒童文學向前發展。作爲文學研究會兩大台柱的茅盾和鄭振鐸，他們先後進入上海商務印書館編譯所，最初擔任的編輯工作都是負責《童話》叢書，茅盾並編輯過《學生雜誌》、《小說月報》，鄭振鐸更創辦《兒童世界》。茅盾與鄭振鐸的文學道路決定了他們對兒童文學極端熱忱的必然性。王泉根於《現代兒童文學的先驅》一書中，曾說明這支隊伍有四個特點。

第一、人數眾多，陣容整齊。

第二、骨幹重視，卓有實績。

第三、人才濟濟，實力雄厚。

第四、童心不泯，始終開心。（以上詳見頁14～16）

由於鄭振鐸在「文學研究會」中的重要地位與影響，他實際上已成了該社團「兒童文學運動」的直接發起者與組織者。這一「運動」集中體現在鄭振鐸組織的三次重要文學活動中（詳見《中國現代兒童文學史》，頁56～59），試分述如下：

第一次重要的文學活動是一九二二年《兒童世界》的創刊。該刊第一年由鄭振鐸主編，他緊緊依靠「文學研究會」同仁的全力支持，向他們拉稿，一至四卷共五十二期的絕大多數作品均由「文學研究會」成員撰寫。

鄭振鐸主編的《兒童世界》，由於有「文學研究會」作家作後盾，一掃過去兒童文學刊物成人化、質量低的弊端，以其嶄新的內容、多樣化的形式、生動活潑的版面贏得了小讀者的廣泛歡迎，不但風行全國，而且流傳到日本、新加坡等地，達到了二十年代初期兒童文學刊物從未有過的興旺局面。

一九二三年，鄭振鐸接編《小說月報》以後，該刊調整版面，使兒童文學進一步得到增強，尤其是從十五卷第一期（一九二四年）起，專爲孩子們開闢了「兒童文學」專欄，這是「文學研究會」「兒童文學運動」的第二方面的重要活動。

《小說月報》開闢「兒童文學」專欄後，除大量刊載外國兒童文學作品外，並重視發表兒童生活題材的創作作品，介紹海外兒童文學信息資料，同時在各種專號裡也不忘給兒童文學提供席位。

「文學研究會」「兒童文學運動」第三方面影響較大的活動是一九二五年《小說月報》八、九兩期出刊《安徒生號》。「文學研究會」以特殊規格，大規模地介紹一位兒童文學作家，這在中國文學史上是史無前例的。從此，安徒生的名字與童話得以在中國家喻戶曉。

這場「兒童文學運動」，除了直接體現在刊物、叢書上的文學實績外；還體現在社團成員一系列倡導兒童文學的其他活動中。這種高度關切年幼一代的精神與行動具體顯現了「兒童文學運動」多方面的實踐與聲勢。

「文學研究會」十分重視外國文學的研究與譯介。向外國兒童文學學習，這是中國現代兒童文學脫離原先傳統的封閉性體系走向成熟、走向現代化的一個重要因素。又「文學研究會」的兒童文學創作更是碩果纍纍，他們在童話、兒歌、童詩、兒童散文、兒童小說、兒童戲劇、幼兒文學等領域都作出了蓽路藍縷的貢獻，產生了自己的代表性作家與代表性作品，顯示了「兒童文學運動」的巨大實績。

蔣風在所主編的《中國現代兒童文學史》一書中，對「文學研究會」在「兒童文學」方面的貢獻，有如下的結語：

「為人生」的文學主張，「寫實主義」的創作方法，加上對民族傳統的繼承和對外國兒童文學的借鑒，使文學研究會諸作家的兒童文學創作形成了大體一致的風格流派，有著自己鮮明的特色。他們的作品比較注重對兒童的思想教育與真善美的教育；注重立足現實，直面人生，或折光地反映人生；注重兒童文學讀者對象的特殊性與兒童情趣，題材多樣，體裁多樣，手法多變，語言深入淺出等方面。但由於強調表現人生，主張「把成人的悲哀顯示給兒童」，使有的作品太重實感而不重想像，有的作品對兒童的生活經驗與理解能力把握不準，因而削弱了對小讀者的影響作用。這說明兒童文學要真正服務兒童、滿足兒童，是多麼不易。儘管如此，文學研究會作家在兒童文學創作方面的實績無疑是巨大的，為二十年代任何一個文學社團望塵莫及的。正是依靠了他們卓著的創作成果，才構成了二十年代小百花園地的繁榮景象，徹底結束了中國兒童文學消極地依賴、模仿外國兒童文學的歷史，並創了完全由本國的作家獨創兒童文學的新時代。

「五四」以後的中國兒童文學，在新文學運動的推動下，以文學研究會的「兒童文學運動」為中心，得到了蓬蓬勃勃的發展，為以後三、四十年代的發揚光大奠定了堅實的基礎。（見頁65）

第三節　童話的界定

「童話」是兒童文學作品中的一個文類。

「童話」的語源，一般研究者都相信來自日本。日本裡的「童話」，泛指一般的兒童故事，甚至泛指一切故事體的兒童文學作品。日本人以「童話」來翻譯英文裡的「fairy tales」。

中文也以「童話」兩個字翻譯英文「fairy tales」、德文的「marchen」。「fairy tales」是小仙子故事，「marchen」是民間傳說。兩者與現代童話的性質不同。

「現代童話」，英語國家稱為「modern fantasy」，意思是指富想像趣味的現代兒童故事。

現代兒童文學的「童話」，起源於德國格林兄弟，爲兒童而改寫的生動有趣的民間故事。爲孩子寫的民間故事，是「童話」的原始含義。這個含義，爲安徒生所突破，安徒生也爲孩子寫丹麥的民間故事，但是後來卻寫出了自己的「創作」。那些創作的「新故事」，都是民間故事裡所沒有的，純粹是他個人的創作。這些「新故事」，一度被稱爲「文學的民間故事」。所謂「文學的」，意思是指「創作的」。

安徒生的「新故事」出現後，「童話」有了新的發展。爲了方便，我們稱安徒生以前的爲兒童寫的民間故事爲「古典童話」，亦即是「fairy tales」；安徒生以後的爲兒童寫的創作故事稱爲「現代童話」，亦即是「modern fantasy」。安徒生被稱爲「童話之父」。「童話之父」裡的「童話」，指的就是「現代童話」。

而本文所稱近代童話觀念的演變，即是指「現代童話」形成的過程而言。我們知道童話，具有完備的美學特徵以及成爲獨立的文學體裁這一過程的完成，是以一定的社會基礎和文學基礎爲條件的，亦即是有其外部規律和內部規律。（詳見金燕玉《中國童話史》，頁2～3）

從童話發展的外部規律來看，童話隨著社會的發展而發展，我們相信兒童文學的產生，是肇始於教育兒童的需要，從某種意義上說，一部兒童文學發展史，就是成人「兒童觀」的演變史。而成人觀念的改變，也只有社會精神文明發展到能承認兒童的「主體性」的事實，才能相信兒童也是有他們的權利、需要、興趣和能力的個人。於是自覺地爲兒童創作童話，使兒童得到童話的享受。又從童話發展的內部規律來看，童話的發展大體上經過三個階段：

第一個階段：口頭流傳階段，是童話的萌生階段。將適合於少年、兒童的口頭流傳的神話、傳說、民間故事等借用過來，用口頭加工的形式，講述給孩子們聽，這就是最初的口頭童話故事。

第二階段：記載、收集、整理的階段，是童話的形成階段。將口頭流傳於民間的童話，用文字形式記載下來，有的分散在歷代的典籍裡，有的經過收集整理，成爲可供少年、兒童閱讀的童話故事。

第三個階段：改編、創作階段，是童話的成熟階段。作家自覺地爲兒童改編民間童話，進而發揮個人的自由想像創作出嶄新的童話，童話成爲獨立的兒童文學體裁。

在童話發展的三個階段，分別出現了三種童話：

第一個階段出現的是民間童話。

第二個階段出現的是古代童話。

第三個階段出現的是創作童話。

前面兩個階段的童話，有人稱之爲古典童話。第三個階段的創作童話，就是現代童話，以有別於古代童話。也有人稱之爲文學童話、藝術童話，以有別於民間童話。現代童話包括成人自覺地意識到爲少年、兒童創作的童話作品。由於現代童話是童話的成熟階段的產物，具有完備的童話特徵，其數量與質量都足以代表童話，已經完全可以與其他文學體裁區分開來。

所謂現代童話，個人認爲：「用現代的觀點來說，即是指專爲兒童設計的一種超越時空的想像性的故事。這種想像性的故事，它的藝術特點在於『異常性』，它是以想像、誇張、擬人、假設爲表現的特徵。它的想像來源是生活，而又超越生活，還能遙望未來。一般說來，我們把這種爲兒童設計的想像性的故事，也就是像安徒生那樣寫法的故事叫做「童話」（見拙著《兒童文學故事體寫作論》，頁228）

大陸版《童話辭典》的「童話」定義是：

兒童文學特有的體裁，供少年兒童閱讀的幻想性敘事文學，具備人物、事件、環境三要素，利用魔法和寶物，運用神化、擬人、擬物、變形、怪誕、誇張、象徵等手法去塑造超自然的形象，具有異常和神奇的審美特徵，故事性強，富於兒童情趣。童話藝術的基礎是少年兒童的想像力，同少年兒童喜歡幻想、相信假定的心理特徵相一致。童話適合於少年兒童的閱讀能力和審美趣味，用少年兒童所喜聞樂見的語言虛構饒有趣味的幻想故事，童話通過幻想塑造形象，不是直接地而是曲折地表現生活，反映生活，創造出虛構的幻想世界。童話具有幻想性、現實性、假定性、情感性、正義性、民族性。（見張美妮主編黑龍江少年兒童出版社本，頁1）

而林良於〈談童話〉一文裡，認爲「現代童話」都含有幾項共同的性質：

1. 個人的創作。
2. 重視創意的想像。
3. 角色選擇的無限自由。
4. 洋溢著善良的人性。
5. 具有兒童所能感受的趣味。（見七十九年五月台東師院語教系《東師語文學刊》第三期，頁201）

如果想進一步的了解，或許只有藉助於童話世界的特質。只有能具體的把握童話世界的特質，始能眞正明瞭童話是什麼。

所謂童話的特質，指的也就是童話最具代表性的內涵，可用以跟其他的文類相區隔者。依據此一定義，我們要談童話的特質，首先要能確定童話的內涵是什麼？而童話的內涵又與童話的範疇（外延）互爲相關。因而童話的特質到頭來，還是得先解決童話的範疇問題。

對於「童話」範疇的界定，有廣義、狹義之分。廣義的界定是採取較寬廣的認定，也就是把「童話」用來泛指一般兒童故事。如此的認定，則童話之於寓言、民間故事、小說……等各類兒童故事，不是同位階的不同文類，而是各類兒童故事的統稱，此種廣義的童話，事實上已不是單純的一種文類。這種把童話等同兒童故事的廣義範疇用法，雖然爲一些人所採取，卻不爲兒童文學理論研究者及大多數童話創作者所認同。

爲兒童文學研究者及大多數創作者所認定的童話範疇，是狹義的定義。通常是指較爲荒誕的超現實的兒童故事，是單純的一種兒童文學文類。它跟寫實的兒童故事、寓言、神話、小說不同。它的故事情境通常涉及人類現實世界以外的其他世界。在範疇上，它包括古典童話（含民間童話、古代童話）、現代童話。而本文所要討論的童話，也就是這種定位爲文類的童話，它的範疇包括古典童話和現代童話。

基於上述童話範疇的認定，個人認爲童話的內涵可化約爲四方面，也就是四個基本構成要素：兒童、故事、趣味、想像。兒童是指童話主要閱讀對象爲兒童；故事是指體裁上童話是屬散文故事體；趣味是指童話的閱讀心理需求；然而給兒童看的有趣的故事類型太多，那些才能歸爲童話呢？這就涉及童話用以跟其他故事文類相區隔的童話特質。此一能使得童話跟其他故事區別開來的質素就是「想像」，它是童話最重要的構成質素，也是西洋現代童話的命名精義所在，可說就是古典童話、現代童話所共具的特質。想像也有人稱之爲「幻想」。

既然「想像」是童話的最重要構成質素，同時也是童話的特質所在，那「想像」指的又是什麼呢？洪文瓊在〈童話的特質和功能〉一文裡，在引錄三種外文工具性辭書對「想像故事」（fantasy）的界說之後，曾有一段精闢的論述：

> 從這三種界說，除2.、3.特別強調出「現代童話」（幻想故事）與古典童話的差別（傳承——非個人創作）外，大體上都提到內容是涉及「超

自然」或「非自然」、「非真實」的事件或人物。因而這一部分可以說是「童話」最重要的質素所在，童話作家巧思妙手所要致力描繪的幻想世界，就是「超自然」或包含有「非自然」、「非真實」要素的世界。也即童話作家的「幻想」是表現在「超自然」或「非自然」、「非真實」的事件或人物的營造上。而童話作家營造他的幻想世界或者說表現他的幻想手法，則是樣式繁多。在情境上，他可以創造一全新的世界，也可以只改變現實世界的一部分；在人物的安排塑造上，他可以把有生命的動物、植物或無生命的物品加以擬人化，也可以是道地的現實人物；在情境與人物的組合上，可以是現實人物與超自然界或非現實世界的組合，也可以是非現實人物與現實世界或超自然世界的組合，當然也可以純是超人與超自然界的組合或非現實人物與非現實世界的組合；在事件的選取上，可以是現實生活裡的一般事務，也可以是非現實生活的一些怪誕不經的事務。但值得注意的，「幻想」並不是毫無章法，作家一旦創造了他的「幻想世界」，他就必須受該世界運作邏輯的限制，不合作家自建世界的邏輯，是技巧拙劣的幻想，換句話說，那是不被允許，也是高明作家所不會有的。

從上述的這些情況，可知對於童話中的「幻想」，確實不易給它一個具體的描述。這也難怪西洋的一些評論家或作家，常喜歡用不同的詞彙來描述幻想，這些詞彙常見的有：想像的（imaginative）、怪誕的（fanciful）、夢幻的（visionary）、奇異的（strange）、他世界的（other worldly）——按：他世界是指相對於人類自身生存的本世界（the primary world而言）、超自然的（supernatural）、神祕的（mysterious）、魔幻的（magical）、無法解釋的（inexplicable）、以及唬人的（frightening）、神奇的（wondrous）、似夢的（dreamlike）等等。或許從這些用詞，我們也可更進一步了解童話的「幻想」特質。（見八十一年十一月中華民國兒童文學學會《認識童話》，頁8～9）

童話觀念的演變，是外延與內涵的互動。所謂《稻草人》一書是給中國的童話開了一條自己創造的路，它是中國現代童話的起點、標誌和典範。而這種的演變過程似乎有歷時、並時共存的現象，在蔣風主編的《中國現代兒童文學史》一書中，曾有一段文章論及五四時期的童話研究，有三種不同的目的與途徑，試引錄如下：

研究童話，採集兒歌，這是「五四」時期起始的一項很有實績的工作。由於受到西方民俗學、教育學、兒童學以及文藝理論的影響。「五四」時期的童話研究有三種不同的目的與途徑。一是從民俗學、人類學的角度出發，研究「民間的童話」（Folk Tales），主要是探討民間童話所保存和反映的民俗風、社會世態、道德習俗。這種研究以《婦女雜誌》為主要陣地，該刊從七卷一期起開闢了「民間文學」專欄，在一九二〇年至一九二一年間發表了〈論民間文學〉（胡愈之），〈論童話〉（張梓生）、〈童話與空想〉（馮飛）等重要文章，還刊登了〈馬郎〉、〈老虎外婆〉等民間童話及兒歌、謎語等作品。二是從教育學、兒童學的角度研究兒童適用的「教育的童話」（Home Tales）。趙景深在一九二四年曾撰文「研究童話的途徑」認為，「在我國努力最大而成效最著的自然要算是教育童話」，「民間童話是注重研究學問，而教育童話的對象卻是兒童，所以處處在兒童方面著想」。這類童話既有從民間採風所得，也有作家的創作，但它們都是從兒童出發，「不帶有成人的氣息」，因而「採集的童話雖然和民間童話並無二致，字句卻更淺顯明白，……有一番相當的選擇，大約以仙子和太子公主的故事最合宜」，講鬼怪的恐佈故事則在「排斥之列」；「創作方面以物話（即動植物故事——引者注）為多，還有一種是介於創作和採集之間的那便是加過藝術修飾的傳說」。《安徒生童話》、《阿麗絲漫遊奇境記》、《木偶奇遇記》、《金河王》等就是「五四」以來最為人稱道的「教育的童話」。商務印書館、中華書局、北新書局等在當時大量印行了此類作品，雜誌方面以《兒童世界》、《小朋友》的努力較為突出。第三種研究途徑是探討「童話體的小說」，「五四」時期稱其為「文學的童話」。這類童話的最大特點是：作家創作的「目的是在社會，並不是想把這些東西給兒童看，或者更切當的說，他們的目的只是表現他們自己」，因此作品內容大都「帶著成人的悲哀」，是一種用創作童話的手法寫成的小說，如王爾德、孟代、愛羅先珂的某些童話即是。「五四」時期開始的童話研究雖有這三種不同的途徑，但它們「殊途同歸」，其結果都直接間接地促進了現代童話的發展與繁榮，為孩子們提供了更多的精神食糧。「教育童話」自不待言；「民間童話」敞開了一座尚未發掘的兒童文學寶庫——大量適合兒童閱讀欣賞的民間口頭創作亟待開發；對「文學童話」的研究則向作家提出了這樣的要求——如果是為孩子寫作，那就必須盡量地「不帶有成人的氣息」。一九二四年，趙景深收錄了「五四」期間散見於全國各地報刊的十八位作者的三十篇兒童文學文論，結集為《童話評論》一書出版，其中二十三篇都是探討童話的。《童話評論》是我國第一部兒童文學論文集，集中反映了「五四」時期以童話研究為中心的兒童文學理論成果。（頁17～18）

童話觀念的演變過程，雖非理路分明，亦非無跡可尋，試以「事」、「人」爲主，勉力描述其演變。

第貳章

我國近代童話的演變與反挫

我國究竟何時出現「童話」這個名詞？到目前爲止，就可見的資料而言，似乎是始自孫毓修的《童話》叢書。孫毓修編撰的《童話》，出版時間是一九〇九年三月，即清末宣統元年；出版社是商務印書館；〈無貓國〉是第一篇用「童話」名稱的作品。

而流行的說法，則認爲童話這個專有名詞的使用，是導源於日本。其緣起，則是根據周作人的一段話，周氏說：

童話這個名稱，據我知道，是從日本來的。中國唐朝的〈諾皋記〉裡雖然記錄著很好的童話，卻沒有什麼特別的名稱。十八世紀中日本小說家山東京傳在《骨董集》裡才用童話這兩個字，曲亭馬琴在《燕石雜誌》及《玄同放言》中又發表許多童話的考證，於是這名稱可說已完全確定了。（見一九六二年十二月少年兒童出版社《一九一三——一九四九兒童文學論文選集》，頁43）

周作人這段話，有人名、書名的根據。在當時，未見有人提出相反的意見，也沒有人寫文章來證實這件事。

我國近代以來的現代童話（一九〇九～一九四九年），金燕玉於《中國童話史》一書中編「現代童話的奠定及發展」中，將其分為四個時期：

童話的獨立（一九〇九～一九一八年）

童話的開闢（一九一八～一九二八年）

童話的成長（一九二八～一九三七年）

童話的傳播（一九三八～一九四九年）（詳見頁163～384）

金氏從整體童話的奠定與發展入手，而以時間分期，自有其方便處。而本文擬從「童話觀念」的演變入手，主要目的是了解其演變的過程。所謂觀念，是心理學的一個名稱，廣義的是指一切由認識作用產生的意識內容的總稱，像感覺、知覺、想像等都是。狹義的是指過去的印象再出現在意識之中。用哲學的術語說，即是「概念」，概念雖然不是一個實在的事物，但是它卻是指稱著一個實在的事物。我們可以說，一個概念，就是一個類；它在某個一定的範圍中，統指這個範圍中所有的個體。因此，用簡單的方法說，概念或類就是一組由性質所決定的一個範圍的個體的總稱。

概念可二分為內涵與外延。而內涵與外延，就和「性質」與「範圍」相當。所謂內涵就是指一個概念所內含的各種性質；而外延就是一個概念或類的範圍。更明白的說，內涵與外延是一種互補的關係。也就是說，一個概念內涵愈多，則外延愈狹；反之，內涵愈少，則外延愈廣。

是以所謂「童話觀念」的演變，即是指童話「內涵」與「外延」之間的關係。而有關近代以來「現代童話」概念的形成過程，本文亦擬將其分爲三個時期。

1.《童話》叢書時間。時間是一九〇九年至一九一六年。主要代表人物爲孫毓修，兼論茅盾、鄭振鐸。

2.童話理論時期。時間是一九一二年至一九二二年。主要代表人物是周作人，並及趙景深。

3.《兒童世界》時期。時間是一九二一年十一月至一九二二年十二月。主要代表人物是葉聖陶。

「現代童話」的概念可說至葉聖陶出現後，已於焉形成，而後只是傳播與精進。但其間亦有反挫現象，是以本文兼論之。

第一節 《童話》叢書

一九〇九年，由孫毓修主持創辦的《童話》叢書出版，是中國童話史上的一件大事，也是童話獨立的開始。

商務印書館自一八八七年在上海開始創辦，即注重對兒童、少年進行新知識教育，在創辦人張元濟的主持下，除以編輯發行中小學堂的教科書外，並有出版兒童讀物的傳統，曾經編印《童話》、《兒童教育畫》、《幼童文庫》、《小學生文庫》、《少年叢書》等叢書，和《兒童世界》、《少年雜誌》、《學生雜誌》等刊物，是兒童讀物領域的開拓者。到一九四八年爲止，其出版的兒童讀物不下二千多種，其中，《童話》不定期出版，像刊物，又像叢書。

《童話》的創辦時間是一九〇九年三月。這是我國第一次出現「童話」這個詞。至一九二一年止，共出三集，計一百零二冊。其中孫毓修編寫七十七冊，沈德鴻編寫十七冊，鄭振鐸編寫四冊，還有四冊爲他人所編。《童話》初集，每冊書規定字數五千字左右，共十六頁，專供七、八歲兒童閱讀。第二集、第三集字數稍有增多，每冊字數約一萬字左右。第二集每冊三十二頁，第三集每冊六十四頁，專供十、十一歲兒童閱讀。試以孫毓修等三人爲題分述如下：

㈠孫毓修（一八六二～）

孫毓修，一八六二年生，字星如，又名留庵，別號東吳舊孫，江蘇無錫人。早年就讀於無錫南菁書院，具有深厚的國學基礎。後來又隨美國教堂牧師學過英文。並從繆荃孫學過圖書版本學。而後成爲商務印書館編譯所高級館員，一九〇九年調到館內國教部創辦《童話》叢書，主編《少年雜誌》、《演義叢書》，其中與本文有關者是《童話》叢書。《童話》叢書的第一篇作品，是孫毓修編寫的〈無貓國〉，採自《泰西五十軼事》，但情節結構亦頗似《今古奇觀》中〈轉運漢巧遇洞庭紅〉一文。這篇作品，以今日的童話概念來說，是不成其爲童話的，但是，這篇作品開創了童話的先例。從此，「童話」一詞初見於我國，孫毓修有首創之功。

從一九〇九年至一九一九年，《童話》叢書出版了由孫毓修主編的初集和二集，共九十八冊，其中孫毓修編寫七十七冊。他編寫的童話，按照兒童的年齡分爲兩類，初集是爲七、八歲兒童所編，每篇字數約五千字左右；二集則爲十、十一歲兒童所編，每篇字數約一萬左右。在編寫過程中，孫毓修曾請一些兒童先閱讀，而後據其反映進行修改。

孫毓修在〈童話序〉、〈童話初集廣告〉中，清楚闡述了自己對童話的見解。我們可以說〈童話序〉、〈童話初集廣告〉就是童話獨立的宣言，宣告童話爲兒童而作，獨立於其他文學體裁之外，從而樹起了童話的旗幟。〈童話序〉有云：

> 兒童七八歲，漸有欲周知世故、練達人事之心。故各國教育令，皆定此時為入學之期，以習普遍之智識。吾國舊俗，以為世故人事，非兒童所急，當俟諸成人之后；學堂聽課，專主識字。自新教育興，此弊稍稍衰歇，而盛作教科書，以應學校之需。顧教科書之體，宜作莊語，諧語則不典；宜作文言，俚語則不雅。典與雅，非兒童之所喜也。故以明師在先，保姆在後，且又鰓鰓焉。虞其不學，欲其家居之日，遊戲之餘，仍與莊嚴之教科書相對。固已難矣。即復於校外強之，亦恐非兒童之腦力所能任。至於荒唐無稽之小說，固父兄之所深戒，達人之所痛惡者，識字之兒童，則甘之寢食，祕之於篋笥。縱威以夏楚，亦仍陽奉而陰違之，決勿甘棄其鴻寶焉。蓋小說之所言者，皆本於人情，中于世故，又往往故作奇詭，以聳聽聞。其辭也，淺而不文，率而不迂。固不特兒童喜之，而兒童為尤

甚。西哲有言：兒童之愛聽故事，自天性而然。誠知言哉！歐美人之研究此事者，知理想過高、卷帙過繁之說部書，不盡合兒童之程度也。乃推本其心理之所宜，而盛作兒童小說以迎之。說事雖多怪誕，而要執於正則，使聞者不懈而幾於道，其感人之速，行世之遠，反倍於教科書。「附庸之部，蔚為大國」，此之謂歟。即未嘗問字之兒童，其父母亦樂購此書，燈前茶後，兒女團坐，為之照本諷誦。聽者已如坐狙邱而議稷下，誠家庭之樂事也。吾國之舊小說，既不足為學問之助，乃刺取舊事，與歐美諸國之所流行者，成童話若干集，集分若干編。意欲假此以為羣學之先導，後生之良友，不僅小道，可觀而已。書中所述，以寓言、述事、科學三類為多。假物託事，言近旨遠，其事則婦孺知之，其理則經人有所不能盡，此寓言之用也。里巷瑣事，而或史策陳言，傳信傳疑，事皆可觀，聞者足戒，此述事之用也。鳥獸草木之奇，風雨水火之用，亦假伊索之體，以為稗官之料，此科學之用也。神話幽怪之談，易啟人疑，今皆不錄。文字之淺深，卷帙之多寡，隨集而異。蓋隨兒童之進步，以為吾書之進步焉。並加圖畫，以益其趣。每成一編，輒質諸長樂高子，高子持歸，召諸兒而語之，諸兒聽之皆樂，則復使之自讀之。其事之不為兒童所喜，或句調之晦澀者，則更改之。昔雲亭作《桃花扇詞》，不逞文筆，而第求合於管弦。吾與高子之用心，殆亦若是耳。今復以此，質諸世之賢父兄，其將如一切新舊小說之深戀而痛絕之也耶？小學生之愛讀此書者，其亦將甘之如寢食，祕之為鴻寶也耶？（見《中國現代兒童文學文論選》，頁17～18）

又〈童話初集廣告〉中云：

故東西各國特編小說為童子之用，欲以啟發知識、涵養性情。是書以淺明之文字，敘奇詭之情節，並多附圖畫，以助興趣，雖語言滑稽，然寓意所在必軌於遠，童子閱之足以增長德智。（據《童話辭典》，頁51引）。

從上述文字中，可以看出孫毓修提倡「童話」的目的是在於啓發知識，涵養性情，增長德智，他把童話的作用規定爲品德教育和知識教育。

他認爲童話的特點，是以淺近的文字，敘奇詭之情節，語言滑稽，有所寓意。

他對於童話的題材，認爲是取自舊事，取自歐美所流行的。

孫毓修在當時，對童話的作用、特點、題材所作的努力，是非常可貴的。他爲後來的童話的發展，開闢了一條道路，後來者就是沿著孫毓修當時開闢的道路走過來的。

他的童話有取自舊事，也即是從古籍、史書、話本、傳奇、小說、戲曲、筆記等等的作品中選取材料；另有取自歐、美等流行的故事，也就是將一些外國兒童文學作品改寫的故事。前者，是一些歷史故事、傳奇故事，今天來看，還不能說是童話。孫毓修當時對繼承中國童話，特別是民間童話方面，是比較疏忽的。後者，可以說是比較有系統介紹了當時外國的一些童話名作。對這些作品系統性的介紹，影響大大超過了前者，這一些富於想像的、大膽誇張的外國作品，給了中國兒童文學很大的啓發。

孫毓修在撰寫童話時，很注意文筆的樸實，他的故事完全是中國式的，即使那些外國故事，他也要把它寫成適合中國閱讀習慣的作品。他認爲「童話」的對象是兒童，一定要使兒童能夠閱讀，兒童感到歡喜。所以，他除聽取兒童的反應之外，並在每篇童話之前，都依宋、元評話本的格式，寫一段楔子、評語。後來，一些童話作者都仿傚他這一做法，可見影響之大。

自孫毓修開始，童話以新的名字，向廣大的兒童讀者羣，宣布它的存在。

孫氏是童話的闢徑者，茅盾稱他是中國現代童話的祖師（見〈我走過的道路〉一文），也是「中國編輯兒童讀物」的第一人（見〈關於兒童文學〉一文）。

金燕玉於《中國童話史》一書中，曾論定「童話」叢書與孫毓修的貢獻：

童話的獨立以一九〇九年商務印書館出版孫毓修主編的《童話》叢書為標誌。它在三方面宣布了童話的獨立：一、確立了童話這種體式的名稱；二、確立了童話為兒童所用；三、確立了童話體裁的基本特徵，從而結束了童話寄生於寓言、小說的時代，結束了兒童無權享受文學的時代。（頁163）

雖然，我們承認孫毓修的貢獻與地位。我們肯定他主編的《童話》，由於態度認眞，注意了時代的需要，確實做到了適合兒童口味，開拓兒童的知識面，培養兒童健康的思想感情，文字淺顯，圖文並茂。但是，從孫毓修的〈童話序〉和《童話》所入選的作品來看，也存在著明顯的缺陷，這是由於他對「童話」這一概念認識模糊，把帶有故事性的內容，如神話、寓言、歷史故事、傳說等等，皆籠統的歸類到童話裡去。孫氏觀念中的童話，似乎僅僅是「童子之話」、「兒童故事」。因此，在他所寫的七十七種童話中，有廿九種就屬於中國歷史故事的內容，而實質上的童話，只占了一部分。從其中也反映出當時人們對兒童文學的認識，理論上還處於十分蒙昧與幼稚的狀態。

㈡沈德鴻（一八九一～一九八一）

沈德鴻是茅盾的原名，雁冰是他的字，他是浙江桐鄉人。他父親是個維新派，比較開通，所以讓他進入新學堂讀書。母親也是個有文學修養的婦女，在家庭中他受到良好的教育。小學畢業後，他到杭州去上中學，在浙江省立三中、二中和安定中學讀過書。一九一四年考入北大預科第一類。他在家庭和學校裡奠下了文學根基，對文學有一定的造詣。

一九一六年，沈德鴻二十歲，從北京大學預科畢業，因家庭困難未能繼續升學，託人介紹進入商務印書館編譯所工作。由於孫毓修的賞識，便讓他當助手，幫著一起編《童話》叢書，於是開始了十年的編譯生涯，且成爲現代童話的開拓者之一。

一九一七年開始到一九二〇年，沈德鴻作爲孫毓修的合作者參與了《童話》叢書的編寫工作，帶來新的形式和新的內容，使《童話》大爲增色，呈現出創作發展的趨勢。沈德鴻共編寫了十七冊童話，計二十七篇，再加上〈第十二個月〉（收入鄭振鐸編的《童話》三集中的《鳥獸賽球》冊），就有二十八篇，出版日期從一九一八年到一九二一年。

從體裁上看，這些作品可分童話和故事兩類，取材於中國古代的童話、歷史故事、外國寓言、童話和民間故事，基本上是根據原材料改寫的。但它們仍有幾個顯著的特點：

第一，絕大多數是童話，只有六篇不是童話。

第二，取材廣泛精當。

第三，茅盾的編譯帶有再創造的特點。（詳見金燕玉《中國童話史》，頁182～187）

尤其是帶有再創造的特點，正是沈德鴻對童話的貢獻。他在編譯時，不是簡單地將文言文翻成白話文，將外文譯成中文，爲了更加適合少年、兒童閱讀，沈德鴻作了大量的加工、改造。而且是出於一種創作的欲望和熱情。又從思想內容看，沈德鴻編寫《童話》的時間，正是文學革命起到「五四」

愛國運動爆發這一時間。這時的沈德鴻尙未接觸到馬克思主義，但深受新文化運動的影響，故不斷地探求改造中國的新思想。他爲少年、兒童寫作《童話》是有所希望的，希望少年、兒童養成良好的道德品質，學習科學知識，能奮鬥自立，對社會作出貢獻。由此可見，沈德鴻童話的基本思想傾向是用愛國主義思想、有進步意義的民主主義思想，和我國民族的傳統美德去教育少年、兒童。

如果說孫毓修的那些童話都是編寫、改寫、譯寫的作品，那麼我國現代第一篇創作的童話，就是沈德鴻的〈尋快樂〉（一九一八年）了。這篇作品已具備現代童話的初步規模了。沈德鴻自己創作的作品，另外有〈書呆子〉、〈一段麻〉、〈風雪雲〉、〈學由瓜得〉等。

沈德鴻寫出了第一篇現代創作童話，他是我國現代創作童話的創建者。以沈德鴻爲始，我國的創作童話已經走出了一條路。將有許多人踏上這條路，沿著沈德鴻的腳印，一步一步前進著。

㈢鄭振鐸（一八九八～一九五八）

鄭振鐸，又名西諦，是福建長樂人，生於浙江永嘉。一九一七年入北京鐵路管理學校讀書。「五四」運動時，是學生代表，曾參與《新社會》、《人道》和

《學燈》副刊的編輯。因有志於文學，一九二一年辭去畢業後在鐵路部門的工作，五月十一日進入商務印書館的編譯所。他是現代中國著名的學者和作家，於文物考古、圖書版本、文學創作、研究諸方面都有所建樹。鄭氏才氣橫溢，他初露鋒芒顯示其才能的是在兒童文學方面。

一九二二年，由於沈德鴻的推薦，鄭振鐸接手編輯《童話》，共四本，《鳥獸賽球》、《白鬚小兒》、《長鼻的矮子》、《猴兒的故事》，都是根據外國故事轉譯改寫的，除了有沈德鴻譯寫的〈十二個月〉外，主要譯寫者是耿濟之、趙景深等人。

《童話》叢書第三集出了四冊之後，即行結束。其間歷經孫毓修、沈德鴻、鄭振鐸等三位主編。《童話》叢書的出版，正是中國現代童話的獨立。雖然《童話》叢書，並不全是童話，但是其影響與地位卻是有目共睹的。在中國現代兒童文學未誕生之前，一百零二冊的《童話》填補了兒童文學的空白，成爲當時兒童的主要精神食糧。《童話》在移植外國優秀的兒童文學作品，和發掘中國古籍中可供兒童閱讀的材料方面，很有成效，爲現代兒童文學創作提供了有益的借鑒。金燕玉《中國童話史》中曾論其貢獻與地位如下：

從內容上看，《童話》更像兒童文學叢書，作品或者經過譯寫，或者經過改編，沒有創作。更確切地說，《童話》雖然樹起了童話的旗幟，但它只是我國第一部包括大量童話的現代兒童文學的讀物，孫毓修就如茅盾所說的那樣，是「中國編輯兒童讀物的第一人」。從整體上看，《童話》當然還沒有像《稻草人》那樣開闢出一條與中國現實緊密結合的創作道路，尚處在發掘中國古代典籍、編譯外國兒童文學作品的階段。但是它已用白話寫作，擁有廣泛的小讀者，它的集中性、連續性、系統性，規模之大，持續之久，篇目之多，都是前所未有的。它在辛亥革命時期的新文化啟蒙運動中產生，最後匯入「五四」時期「兒童文學運動」的洪流，從而把童話的旗幟，也把兒童文學的旗幟牢牢地樹立在中國文壇上。

在葉聖陶的劃時代的現代創作童話出現之前，從辛亥革命到「五四」運動這一段歷史時期內，一百零二冊的《童話》幾乎就是中國兒童文學的全部了，它填補了這段歷史時期的兒童文學的空白，成為當時兒童的主要精神食糧，被譽為「中國兒童的唯一恩物和好伴侶」。《童話》在移植外國優秀的兒童文學作品和發掘中國古籍中可供兒童閱讀的材料方面，很有成效，為現代兒童文學創作提供了有價值的借鑒。從中國兒童文學史的角度來看，《童話》的出現，極為必要，起到了由晚清勃起的近代兒童文學過渡到以《稻草人》為標誌的現代兒童文學的橋樑作用，是中國兒童文學發展過程中有機的重要一環。從童話史的角度來看，《童話》的出現，是童話獨立的開始，是童話理論和童話創作的前導。同時，《童話》也開了一種編譯改寫的風氣，把外國文學作品和中國古代作品編寫成適合少年、兒童閱讀的故事，從此以後成為出版界的傳統，類似《童話》的讀物一直不斷出現。（頁180～181）

第二節　童話理論

童話的獨立，需要有理論的建構。我國童話的理論，最早爲何篇？雖然未能確定，但是周作人的童話理論，可說是當時最重要的研究，也是最有影響的一位童話理論工作者。除外，又有趙景深、張梓生、顧均正、陳伯吹、夏文運、朱文印、徐如泰等人的加入。其間，就時間、影響與數量而言，自以周作人、趙景深兩人最爲重要。試分述如下：

㈠周作人（一八八五～一九六八）

周作人，原名遐壽，又名啓明，浙江紹興人，是著名的新文學作家。他早年曾是新文化運動的驍將。

周作人很早就開始接觸兒童文學。據《周作人回憶錄》載，一九〇六年他東渡日本留學不久，就得到高島平三郎編的《歌詠兒童的文學》及所著《兒童研究》二書，並對於這方面感到興趣。其時兒童文學在日本也才剛開始發展。這一興趣至老不衰，到晚年他還在編紹興兒歌。周作人在中國現代兒童文學史上曾經做過一些切切實實的工作，在當時產生過一定的影響。周作人在兒童文學方面的工作，最有實績、最有影響的則是兒童文學理論的研究，尤其是童話理論。因此，他可說是中國兒童文學運動的倡導者，更是中國童話理論的奠基者。

周作人早年致力於童話的翻譯、介紹，卓有成效。在日本留學期間，除接觸到兒童文學、兒童學外，並涉獵過英國安德路蘭的著作，接受了人類學派的神話解釋法、民俗學的研究法，對民間故事產生了濃厚的興趣。一九〇九年，與魯迅合譯的《域外小說集》在日本出版，周作人在其中譯了王爾德童話〈快樂王子〉，篇後綴以〈著者事略〉，簡介王爾德的生平與童話創作。

一九一一年，周作人從日本留學回國，在紹興浙江省立第五中學教書，並任紹興教育會會長，開始搜集本地的兒歌和童話，且於一九一三年十月創辦了一份叫《紹興縣教育會月刊》，那時他開始寫童話和兒童文學的理論。這些理論大多發表於他辦的月刊。

周作人的童話理論，主要是：〈童話研究〉、〈童話略說〉、〈古童話釋義〉等三篇。另外，有與趙景深書信來往的〈童話的對話〉。

一九一二年六月六日、七日，周作人於《民興日報》發表〈童話研究〉與〈童話略論〉。一九一三年，經魯迅推薦，這兩篇文章修改後發表於北京《教育部編纂處月刊》一卷七期和八期。一九一三年，在《紹興縣教育會月刊》上發表〈古童話釋義〉。這三篇論文後來都收入《兒童文學小論》，對中國童話理論起了奠基作用。在童話獨立時期，儘管豎起了童話的大旗，但似乎把童話等同於兒童文學，對童話的想像、本質不太確定，對童話的內涵和外延缺乏準確的理解，對童話的界定比較模糊。直到周作人三篇研究童話的文章出現，才使人們眞正地認識了童話。

〈童話略論〉一篇，分爲緒言、童話之起源、童話之分類、童話之解釋、童話之變遷、童話之應用、童話之評騭、人爲童話、結論等九小節。是一篇系統論述性的文字。這篇論文的基本論點於「緒言」裡有云：

> 童話研究當以民俗學為據，探討其本源，更益以兒童學，以定其應用之範圍，乃為得之。（見《兒童文學小論》，頁7）

文中第六小節「童話之應用」，則從童話與兒童以及教育的關係去研究童話。至於「人爲童話」的提出，實則是提倡童話創作，這爲後來童話創作的興起和繁榮是起了鼓吹和促進的作用的。

〈童話研究〉一篇，分爲四節。作者主要從民俗學角度，對中外民間童話作了分析，並進而肯定「中國童話自昔有之」。（見《兒童文學小論》，頁37）〈古童話釋義〉一篇，是引申〈童話研究〉一文未盡之處，它主要論證一點，即「中國雖古無童話之名，然實固有成文之童話」。（同上，頁39）周作人的這篇〈古童話釋義〉，把一九〇九年開始的現代童話和古代的無童話之名的童話傳統，從理論上銜接起來了。這對中國童話的發展是有貢獻的。

至於一九二二年在《晨報》副刊上，周作人和趙景深之間書信來往的〈童話的討論〉，是一次很有意義的討論。這次討論共發表書信九封，其中趙景深的有五封，周作人的有四封。分別發表於《晨報》副刊一月二十五日、二月十二日、三月二十八日、二十九日、四月九日，後來收入一九二四年新文化書社出版的《童話評論》一書，又收入一九二七年九月開明書店出版的《童話論集》。這些討論，涉及面很廣，如什麼是童話，什麼不是童話，把童話和神怪小說、兒童小說的界限劃分出來了。這次討論，也涉及童話這個詞的來歷，外國童話與中國童話的比較，童話的解釋和研究，中國古代那些作品是童話，外國童話作家的介紹和外國童話作品的翻譯。這些都是當時所面臨的具體問題，這一次討論，對童話的發展是很有助益的。

㈡趙景深（一九〇二～一九八五）

趙景深，四川宜賓人，生於浙江蘭溪，童年時期即喜愛兒童讀物。少年時期，翻譯包爾溫《泰西五十軼事》裡的一篇〈國王與蜘蛛〉，刊登於《少年雜誌》。一九一九年到南開中學讀書，一九二〇年至一九二二年就讀於天津棉業專門學校。一九二二年畢業後，任天津《新民意報》文學副刊編輯，同時和徐穎溪、劉鐵庵合編《小學生雜誌》，由天津教育書社發行。

從一九二二年起，趙景深開始進行童話研究、童話翻譯和童話創作。趙景深進行童話研究的理論基礎，與周作人同出一源。其有關論述之著作或編翻成書有：

童話評論　新文化書社　一九二四年四月

童話概要　北新書局　一九二七年七月

童話論集　開明書店　一九二七年九月

童話學ABC　世界書局　一九二九年二月

《童話評論》是一本童話理論的結集，收集了當時五、六年間發表的主要童話論文，共三十篇。該集子把三十篇文章分爲三類編排。一、民俗學上的研究；二、教育學上的研究；三、文學上的研究。該集幾乎囊括了中國二十年代掀起的童話研究的全部成果，是對中國童話研究的最早成果的一次檢閱和結晶，反映了當時的童話理論水平以及外國童話在中國流傳和影響的情況。在童話的來源、發展，童話的想像性、兒童性、教育性等方面，許多文章都有深入的研究和精闢的見解，爲中國的童話研究打下了堅實的基礎。

《童話概要》是他授課講義的結集。一九二五年，趙景深應鄭振鐸之薦去上海大學教授童話，撰寫了七篇講義，這是我國最早在大學開設的童話課，趙氏是中國最早的童話教授。

《童話論集》與《童話概要》是我國最早出版的兩部童話專論，具有開拓價值。《童話論集》收錄作者從一九二二年到一九二七年間發表的文論，凡十六篇，共分三部分。第一部是概論童話的；第二部分是對於中國童話的批評；第三部分是西方童話家的傳記；另外，附錄一篇。與周作人的〈童話的討論〉，即收錄於本書的第一部分。

《童話ABC》，是意爾斯萊《童話的民俗》一書的編譯。是一本用人類學派的觀點和方法研究民間童話的專著。全書共有九章。該書對民間童話作了比較科學的界定，將童話與小說進行比較。從而把童話定義爲「童話是原始民族信以爲眞而現代人視爲娛樂的故事。」該書還從民俗學上立論，闡釋了童話中所反映的初民風俗和信仰，對幾種重要童話類型作了透徹的分析和介紹，將不同國家的同一類型的各種樣式童話作比較研究，對民間童話的形成和流變，提供了極有價值的依據。這些較爲深入和系統的論說，對推動二十年代剛剛崛起的童話發展起了一定的作用，對日後童話理論的建設也有一定的參考意義，特別是首創童話比較學，爲童話研究寫下了新的一頁。

總之，在趙景深的專著或編譯的論述成書中，他從人類學、民俗學的角度對童話的起源、本質、分類、特徵、功能作了自己的解釋。

第三節 兒童世界與葉聖陶

鄭振鐸於一九二一年五月十一日，進入商務印書館編譯所，除主編《童話》叢書第三集外，並從七月起，在《時事新報》、《學燈》副刊上開闢了「兒童文學」專欄，刊登詩歌、童話等兒童文學作品，這個副刊是現代中國最早的兒童文學副刊。除外，又著手開辦《兒童世界》。這是一門新課題，靠著朋友幫忙和自己具有的童心，使他終於走進了兒童文學的天地裡，不斷革新，不斷奮進，使現代中國的兒童文學有了一個較大的發展，出現了自辛亥革命以來十年未有的作品和樣式，使更多的少年、兒童拋棄舊的私塾中「法定」課本，享受新文化、新知識的無限樂趣，開擴了眼界，也爲以後兒童文學領域作出示範。

一九二二年一月，鄭振鐸主編商務印書館編譯所《兒童世界》。這是一本彩色封面小三十二開本雜誌，每七天出一期。內容包括：兒歌、童話、故事、寓言、圖畫故事、手工遊戲以及兒童創作專欄等，還有許多有趣的插圖，可稱得上圖文並茂，生動有趣，深得小讀者們喜愛。他爲了適應十歲左右的兒童心理，在他主持的一年間，曾多次革新，使內容時時進步。他尤其關切低幼兒童的精神滋補，爲此做了一系列的改變，該刊第一卷多爲童話故事，後幾卷就增添了勞作、遊戲、戲劇；長篇作品減少，圖畫故事增多，甚至若干畫面，不用文字說明也能了解，圖文並茂，相映成輝。

鄭氏「由於本性酷愛著童話」（葉聖陶語），因此，他在主編《兒童世界》期間，童話成了該刊的最重要的文體。他自己也興致勃勃地動手寫作。鄭氏是從「譯述」入手開始童話創作的，他的作品受到了外國童話的深刻影響。鄭氏對外國兒童文學的介紹有著自己獨特的見解。

鄭氏重述改寫的童話，鮮明打上了個人風格的烙印，與茅盾的編譯童話各有特色。茅盾注重描寫，鄭氏注重敍述，茅盾的童話有許多生動形象的景物描寫、細節描寫、情景描寫，鄭氏的童話敍述節奏快，是一連串的行動敍述，一個接著一個。茅盾的語言繪聲繪色，鄭氏的語言暢達明曉。

鄭氏的編輯理念，主要見存於《兒童世界》宣言〉與〈第三卷的本志〉兩文，試全文引錄如下：

〈《兒童世界》宣言〉：

以前的兒童教育是注入式的教育；只要把種種的死知識、死教訓裝入他頭腦裡，就以為滿足了。現在我們雖知道以前的不對，雖也想盡力去啟發兒童的興趣，然而小學校裡的教育，仍舊不能十分吸引兒童的興趣，而且這種教育，仍舊是被動的，不是自動的，刻板莊嚴的教科書，就是兒童的唯一的讀物。教師教一課，他們就讀一課。兒童自動的讀物，實在極少。

我們出版這個《兒童世界》，宗旨就在於彌補這個缺憾。

我們的內容約分十類：

㈠插圖：把自然界的動植物的照片，加以說明，使兒童得一點博物學上的知識。

㈡歌譜：現在小學校裡的唱歌，都是陳陳相因的，有大部分是兒童們二三年前已跟著他們兄妹唱熟了的。新的教材簡直沒有產生出來。這也不能怪他們教師們，因為中國會作譜的人實在太少了。我們以後要常常貢獻些新的材料給兒童們。對於教師們也許不無益處。

㈢詩歌童謠：採集各地的歌謠，並翻譯或自作詩歌。

㈣故事：包括科學故事、冒險故事及神仙故事。

㈤童話：長篇和短篇的都有。

㈥戲劇：兒童用的劇本，中國還沒有發見過。近來各小學校裡常有遊藝會的舉行，他們所用的劇本都是臨時自編的，我們想隔二三期登一篇戲劇。大概都是簡單的單幕劇，不惟學校裡可用，就是家庭裡也可行用。

㈦寓言：以翻譯的為主。

㈧小說：大概採用《天方夜譚》「Don Quixote」及《西遊記》等作品。

㈨格言：各國的格言都要採用，並附以解釋。

其餘雜載、通信、徵文等隨時加入。

麥克．林東以為兒童文學及其他學問都要：㈠使他適宜於兒童的地方的及其本能的興趣及愛好。㈡養成並且指導這種興趣及愛好。㈢喚起兒童已失的興趣與愛好。（Mac Chritock's Literature in the Elementary School p.17）我們編輯這個雜誌，也要極力抱著這三個宗旨不失。

近來有許多人對於兒童文學很有懷疑，以為故事、童話中多荒唐怪異之言，於兒童無益而有害。有幾個人並且寫信來同我說，童話中多言及皇帝、公主之事，恐與現在生活在共和國裡的兒童不相宜。這都是過慮。人類兒童期的心理正是這樣，他們所喜歡的正是這種怪誕之言。這不過是兒童期的愛好所在，與將來的心理是沒有什麼影響的。所以我們用這種材料，一點也不疑慮。

又因為兒童心理與初民心理相類，所以我們在這個雜誌裡更特別多用各民族的神話與傳說。

我們雖然常與兒童接近，但卻不曾詳細地研究過小學教育，也沒有詳細地考察過兒童生活，貿貿然來編輯這個雜誌，自然是極多缺點。且因印刷方面的關係，就是我們極堅信的理想有時也不能實行出來。這是我們非常抱歉的。

有經驗的教師們如有什麼見教或投稿，我們都非常歡迎。

我們所常採用的書有：

A. Mackenzie —— Indian Myth and Legend, Tentonic Myth and Legend, etc.

Williston —— Japanese Fairy Tales.

Merrion —— The Dawn of the World.

C. Baker —— Stories From Northern Myths.

W. B. Yeats —— Irish Fairy Tales and Folk Tales.

Tales from the Field.

The Ingoldsby. Legend.

Grimms——Fairy Tales.

Wilde——Fairy Tales 等……。

「My Magazine」「The Youth's Companion」及日本的赤島童話等等雜誌也多有採用。

但我們的採用是重述，不是翻譯，所以有時不免與原文稍有出入。這是因為求合於鄉土的興趣的原故，讀者當不會有所誤會，又因為這是兒童雜誌的原故，原著的書名及原著者的姓名也都不大注出。

本誌的程度和初小二、三年級及高小一、二年級的程度相當。但幼兒園及家庭也可以用來當作教師的參考書。（據《中國現代兒童文學文論選》，頁65～67引）

又〈第三卷的本志〉云：

本誌已出完了二十六期。在此第三卷第一期將行出版的時候，我們仍欲把第三卷的方針預先宣布一下。

我們工作的時間雖不長久，但因了我們的經驗和許多在小學校裡當教師的及其他與兒童們接近的朋友們的幫忙，漸漸地覺得現在一般兒童們的需要所在。本誌願意本著他們的需要，把以前的本誌編例稍為變更一下；最大的變動就是：

㈠以前的本誌是純文學的，以後則欲參加些自然科學及手工遊戲等材料進去；但文學的趣味仍舊要極力保存。這因為是：我們覺得現在兒童用書中關於自然科學的材料，仍嫌缺乏，而且也顯無味，不會引起兒童的興趣。但「知識」的涵養與「趣味」的涵養，是同樣的重要的。所以我們應他們的需要，用有趣味的敘述方法來敘述關於這種知識方面的材料。

㈡以前的本誌是專門供給兒童讀的，是欲養成他們自動的讀書的興趣與習慣的，以後則欲更進一步，除了這個目的以外，還要使他們去「做」，使他們自動的去「做」他們感得興趣的工作。因此對於「手工」「遊戲」諸欄，也十分注意。這種「做」的練習，中國兒童是最缺乏的。

㈢以前的本誌多登長篇的文字，以後則注重於短篇的材料。在字句上也力求更適合於「兒童的」。

㈣圖畫較前加多，每期并加彩色的圖畫兩幅以上。全書的篇幅也較前增加許多。

其餘不十分重要的變更，還有許多。因為篇幅的關係，不詳說了。

還有要聲明的，就是本誌所抱的宗旨，一方面固是力求適應我們的兒童的一切需要，在別一方面卻決不迎合現在社會的——兒童的與兒童父母的——心理。我們深覺得我們的工作，決不應該「迎合」兒童的劣等嗜好，與一般家庭的舊習慣，而應當本著我們的理想，種下新的形象，新的兒童生活種子，在兒童乃至兒童父母的心裡。因此純粹的中國故事，我們是十分謹慎的採用的。有許多流行於中國各地的故事是「非兒童的」是「不健全的」。我們雖然反對教訓主義，對於那種養成兒童劣等嗜好及殘忍的性情的東西卻要極力的排斥。在別一方面，一切世界各國裡的兒童文學的材料，如果是適合於中國兒童的，我們卻是要盡量的採用的。因為他們是「外國貨」而不用，這完全是蒙昧無知的話。有許多許多兒童的讀物，都是沒有國界的。存了排斥「外國貨」的心理去拒絕格林、安徒生的童話，是很可笑的，很有害的舉動。我們希望社會上能夠去除這個見解。

（同上，頁70～71引）

綜觀鄭振鐸和其主編的兒童刊物、專欄，大致選材錄篇皆能依其宗旨的。童話、故事皆有教育意義，即使是彩色插畫、勞作、遊戲和笑話、謎語，亦力求其能與兒童啓蒙有益。內容生動，題材多樣化，使它能作爲教育兒童的良好工具。

除外，在組織撰稿，鄭振鐸特別注重小學教師的創作，以及兒童自己的創作。

童話在刊物裡是重點。《兒童世界》每期必有童話，在創始初的六、七期，其所載作品，幾乎全係鄭振鐸譯述的童話；以後，擴大了作者隊伍，「文學研究會」的成員不少是它的基本力量，其中尤以葉聖陶爲最著。葉聖陶的早期童話〈小白船〉、〈一粒種子〉、〈傻子〉、〈燕子〉、〈芳兒的夢〉等二十餘篇童話，都在此發表。他的童話完全擺脫了傳統西方童話的色彩，開闢了中國文學童話自己正確的道路。鄭振鐸是很推崇葉聖陶作品的，認爲「在藝術上，我們實可以公認聖陶是現在中國兩三個最成功者當中的一個」(《稻草人》序)。葉聖陶的童話的發表，使《兒童世界》增添了不少顏色。值得注意的，是鄭振鐸選擇的童話，既有趣又有含意，如胡天月〈大蘿蔔〉是現在孩子們熟悉的一家子同心合力拔蘿蔔故事的張本，趙光榮〈兔子和刺蝟的競走〉是《伊索寓言》〈龜兔賽跑〉的衍生，陳逖先〈狠和七隻小羊〉源出自格林創作的有趣童話，通過小羊受騙，被狠吞掉，羊媽媽乘狠熟睡時，開了牠的肚皮，救出了小羊，塞進了石頭，狠醒來不適意，趕到河邊掉在水裡淹死了，稱贊了羊媽媽的聰明、沈著，惡狠的狡猾、愚蠢，也批評了小羊們幼稚、無知，是很有教育意義的。早期的知識（科學）童話是由自然故事演變而來的，《兒童世界》也刊登了周建人〈甲蟲的故事〉等，讓孩子們知道一點大自然的形形色色，光怪陸離。這些自然故事直觀的敍述，缺乏文藝應有的形象思維；更沒有童話的神奇與幻想，但由於它的出現，始後才有知識童話。

鄭氏當時不但自己創作童話，翻譯童話，還不遺餘力介紹外國童話作家，研究中國民間童話，對現代童話的開拓作出了卓著的貢獻。但個人認爲鄭氏最大的貢獻，應該是發現了葉聖陶。

一九二一年的冬天，鄭氏創辦《兒童世界》周刊時，寫信給在南方做教師的葉聖陶，請他爲周刊寫稿。葉氏寫童話，雖然是緣於自己是個小學教師，以及自己興趣所致，但重要的點燃引線則是鄭氏的拉稿。

一九二一年十一月十五日，葉氏寫出了第一篇童話，接著在十六日、十七日寫了〈傻子〉和〈燕子〉，隔了兩天，在二十日又寫了〈一粒種子〉。十二月二十五日到三十日，寫了〈地球〉、〈芳兒的夢〉、〈新的衣〉、〈梧桐子〉、〈大喉嚨〉。到第二年六月，一共寫了二十三篇童話。

據查考，最先發表的不是葉氏的第一篇作品〈小白船〉，而是〈一粒種子〉。〈一粒種子〉發表於一九二二年二月二十五日出版的《兒童世界》第一卷第八期，〈小白船〉發於三月四日出版的第一卷第九期。《兒童世界》與葉聖陶的童話相映生輝。而鄭氏主編《兒童世界》亦只是短短的一年。從一九二三年起，鄭氏離開《兒童世界》，轉爲負責主編《小說月報》。而葉氏寫童話的勁頭只持續了半年多，到一九二二年六月寫完了《稻草人》爲止。爲什麼停下來了，或許與鄭氏不編《兒童世界》有關。

葉聖陶（一八九四～一九八八年），名紹鈞，號聖陶，江蘇蘇州市人。父親是賬房先生，人品正直，思想開明，沒有家產。蘇州民間有許多童謠，葉聖陶從小喜歡念誦，三歲學識字、描紅；六歲進私塾，八歲開筆學習文章，放學後經常跟父親去聽「說書」，看崑曲。郭紹虞、顧頡剛是他幼年的朋友。十二歲入小學，開始學習算術、常識、唱歌等新的課程，課餘則誦讀古典詩文。第二年，葉聖陶十三歲，與王伯祥、顧頡剛等一同考入蘇州公立第一中學，和同學一起組織文學團體，編印刊物。

員。

一九一二年，中學畢業，因家貧不能升學，任蘇州中區第三初等學校教員。

一九一五年春，二十一歲，由郭紹虞介紹，到上海商務印書館設立的尚公學校當教員。他開始注意教學方法，並認爲教育主要在於使兒童養成明確精新的思維能力。暑假，與胡墨林結婚。

一九一七年春，應中學同學吳賓若邀請，到任吳縣縣立第五高等小學教員。於是在「五高」試驗教學改革，自己編寫教材，改進教學方法。直到一九二一年夏，葉聖陶才離開「五高」，到上海吳淅中國公學中學部任國文教師，與朱自清同事，兩人頗爲相得，是年冬，同到杭州第一師範任教。此時，鄭振鐸正在積極籌備一九二二年出刊的《兒童世界》週刊，寫信約請葉聖陶爲《兒童世界》寫童話，於是觸發了葉聖陶的創作欲望，竟一發而不可收，一篇接著一篇，從第一篇〈小白船〉開始，到〈稻草人〉爲止的半年期間（一九二一年十一月十五日～一九二二年六月七日）共創作童話廿三篇，結集名《稻草人》出版，這就是中國第一本現代創作童話集。

鄭振鐸爲它作序，給予很高的評價，十年後，魯迅肯定了它的奠基地位——「給中國童話開了一條自己創作的路。」（見〈《表》譯者的話〉一文）。從

《稻草人》開始，中國才有了眞正的現代創作童話。《稻草人》以其高度的思想藝術成就，爲葉氏赢得了現代童話的奠基者的地位。從此，中國童話不僅結束了附麗於其他體裁而存在的時代，而且結束模仿、改編外國童話的時代。《稻草人》完全是中國式的童話，具有時代的特徵和民族的特徵。《稻草人》開創了自覺地爲少年兒童創作童話的時代，也開創了從中國的自然鄉土和社會現實創作童話的時代，是中國現代童話的起點標示和典範。

一九二三年春，葉聖陶開始了他的編輯生涯，任商務印書館編輯，仍陸續有童話作品發表。

一九二九年九月，葉聖陶寫《古代英雄的石像》，開始了後一時期的童話創作。

一九三一年，應章錫琛、夏丏尊邀請，轉任開明書店編輯。一九三一年六月，《古代英雄的石像》由開明書店出版，這本集子收一九二九年九月至一九三一年四月寫的九篇作品。而作品亦由原有的抒情風格漸漸轉化爲含蓄深邃的哲理性風格。

第四節　鳥言獸語之爭

在童話獨立期，童話理論解決了「什麼是童話」的問題，對童話多從民俗學、人類學的角度作尋根溯源的研究，研究的範圍主要囿於民間童話和古代童話，從而肯定了童話是兒童文學，界定了童話的定義、類別和功能。到了童話的發展期，童話理論關注的是創作童話，所探討的是童話創作規律，從心理學、文藝學的角度去進一步研究童話。

由於「五四」新文化運動後，在我國的文化教育界掀起了一個「兒童文學」運動，小學教科書開始改觀，各種兒童文學叢書，也風起雲湧，布滿書坊。到一九二二年新學制公布時，「兒童文學」運動達到了最高潮。於是有了反挫的現象出現。

小學語文教材，要不要編入童話、寓言、民間故事等一類文學作品，在我國語文教材發展史上，繼文、白之爭、讀經與否之後，又引發一場所謂「鳥言獸語」之爭，「鳥言獸語」是何鍵咨文的用詞。鳥言獸語之爭的時間是從一九三一年二月到一九三一年八月。這場論爭的實質是要不要童話的問題，在《申報》及其他雜誌上展開。首先向童話發難的是當時的湖南省政府主席何鍵，他於一九三一年二月二十四日向教育部提出「咨請教育部改良學校課程」的建議，其全文如下：

二月二十四日長沙通訊：省府主席何鍵曾送咨教部，除陳明教育缺點，請籌改良，昨復據東安縣長條陳，請改良學校課程。何氏以改良課本為現時切要之圖，當經咨請教部核辦矣。茲附錄原咨如下：

為咨行事：據前東安縣長唐正宜條陳內一則稱，宜改良學校課則。並辦學校二十餘年矣，乃前者組設共產機關，以學生為最多；此次加入共產戰團，亦以學生為最多。竭公私之財力，養成此作亂之輩，其效亦可見者矣。民八以前，各學校國文課本，猶有文理；近日課本，每每「狗說」、「豬說」、「鴨子說」，以及「貓小姐」、「狗大哥」、「牛公公」之詞，充溢行間，禽獸能作人言，尊稱加諸獸類，鄙俚怪誕，莫可言狀。尤有一種荒謬之說，如「爸爸，你天天幫人造屋，自己沒有屋住。」又如「我的拳頭大，臂膀粗」等語。不啻鼓吹共產，引誘暴行，青年性根未能堅定，往往被其蠱惑。此種書籍，若其散布學校，列為課程，是一面鏟除有形之共黨，一方面仍製造大多數無形之共黨。雖日言鏟共，又奚益耶？現在邪說橫行，匪黨日滋，幸在野猶有崇尚道德之宿儒，在國猶有主持正義之各將，尚可爭持於人禽之界，成此半治半亂之局；倘再過數十年，人之方亡，滔滔皆可率獸食人，人將相食，黃巢李自成張獻忠之殘殺，不難再見，竊慮其必有無量無邊之浩劫也？為今之計，凡學校課本艱深之無當，理論淺近者，不切實用，切宜焚毀；尤宜選中外先哲格言，勤加講授，須擇學行兼優者辦理教育，是亦疏河以抑洪水，掌火而驅猛獸之一法也。鈞座於前年曾發有慎選教材一電，如重提前議，見施實行，則功且不朽矣！棟材榱崩，所壓立摧；燃犀不遠，杞憂殊深。愛獻芻蕘之議，以備葑菲之采。是否有當，乞垂察焉等情。查改良課本，為現時切要之圖，據陳前因，除批答外，相應咨請貴部，煩為查核辦理。並希見復為荷，此咨。（見王泉根《中國現代兒童文學文論選》，頁283～284）

何氏要求打破鳥言獸語的童話讀物，採取中外先哲格言做爲教材，指責童話「禽獸能作人言，尊稱加諸獸類，鄙俚怪誕，莫可言狀」。並認爲反對「鳥言獸語」是爲了「反共」，是以又建議擇學行兼優人士辦理教育。此文後來發表於三月五日的〈申報·教育消息欄〉。面對何氏咨文，魯迅第一個拍案而起，奮然予以反擊。他在四月一日寫的〈勇敢的約翰校後記〉中說：

對於童話，近來是連文武官員都有高見了；有的說是貓狗不應該會說話，稱作先生，失了人類的體統；有的說是故事不應該講成王作帝，違背共和的精神。但我以為這似乎是「杞天之慮」，其實倒並沒有什麼要緊的。孩子的心，和文武官員的不同，它會進化，決不至於永遠停留在一點上，到得鬍子老長了，還在想騎了巨人到仙人島去做皇帝。因為他後來就要懂得一點科學了，知道世上並沒有所謂巨人和仙人島。倘還想，那是生來的低能兒，即使終生不讀一篇童話，也還是毫無出息的。（見王泉根《中國現代兒童文學文論選》，頁243）

緊接的是四月在上海「中華兒童教育社」的年會上，初等教育專家尚仲衣在年會中作了〈選擇兒童讀物的標準〉的演講。大意是：選擇兒童讀物的標準分消極的標準和積極的標準兩部分。在消極的標準裡他對童話等故事提出了八點的指責：

1. 違反自然現象。
2. 違反社會價值與曲解人生關係。
3. 曲解人生理想。
4. 信任幸運。
5. 妨害兒童心理衛生。
6. 玩弄殘廢者。
7. 引起迷信。
8. 頹廢、無病呻吟。（詳見王泉根《中國現代兒童文學文論選》，頁245～247）

總之，他認爲鳥言獸語的童話爲神仙讀物，應在排斥之列。此篇演講《申報》四月二十日作了報導，並刊載於一九三一年五月第三卷第八期的《兒童教育》。尚仲衣的文章，在教育界、文學界，又點燃了關於「鳥言獸語」的討論。

四月二十九日的《申報》立即刊出在教育部工作的吳研因〈致兒童教育社社員討論兒童讀物的一封信——應否用鳥言、獸語的故事〉，吳文對尚仲衣反對「鳥言獸語的故事」一點，力持異議，並要求討論下列問題：

1. 何謂神怪故事？
2. 神怪故事是否應該以不合情理為取捨？
3. 鳥言獸語，是否神怪而至於不合情理？
4. 此類故事教學之結果，究竟有何種流弊，或竟毫無關係？
5. 尚先生所說鳥言獸語不言而專論述動物生活的故事，又是什麼？

（同上，頁250）

尚仲衣的回答是〈再論兒童讀物〉一文，刊於五月十日《申報》，並見第三卷第八期《兒童教育》。五月十九日《申報》又發表吳研因〈讀尚仲衣君『再論兒童讀物』乃知鳥言獸語確實不必打破〉。

又第三卷第八期《兒童教育》，除刊載尚仲衣的兩篇文章外，並有陳鶴琴的〈鳥言獸語的讀物應當打破嗎？〉，及「兒童文藝研究社」的〈童話與兒童讀物〉

等兩篇文章。另外，第二卷第二期《世界雜誌》（八月）也刊登了魏冰心〈童話教材的商榷〉，與張匡〈兒童讀物的探討〉等兩篇文章。

這場論戰，在持續了半年以後，已見分曉，何鍵的謬論，固然如石沈大海，再也沒有人理會；尚仲衣也被批駁得啞口無言，肯定童話的見解得到普遍的贊同，論據充分，有說服力，否定童話的意見無人堅持終於銷聲匿迹。中國現代童話的奠基者葉聖陶，雖然沒有直接參與論戰，卻於一九三六年發表了一篇針對性的童話〈鳥言獸語〉，作品以麻雀和松鼠的對話開始，麻雀向松鼠報告了一段新聞：

「你這新聞從哪兒來的？」

「從一個教育家那裡。昨天我飛出去玩，飛到那個教育家屋簷前，看見他正在低頭寫文章。看他的題目，中間有『鳥言獸語』幾個字，我就注意了。他怎麼說起咱們的事情呢？不由得看下去，原來他在議論人類的小學教科書。他說一般小學教科書往往記載著『鳥言獸語』，讓小學生跟鳥獸作伴，這怎麼行！他又說許多教育家都認為這是人類的墮落，小學生盡念『鳥言獸語』，一定弄得思想不清楚，行為不正當，跟鳥獸沒有分別。最後他說小學教科書一定要完全排斥『鳥言獸語』，人類的教育才有轉向光明的希望。」

松鼠舉起右前腿搔搔下巴，說：「咱們說咱們的話，並不打算請人類寫到小學教科書裡去。既然寫進去了，卻又說咱們的說話沒有這個資格！要是一般小學生將來真就思想不清楚，行為不正當，還要把責任記在咱們的賬上呢。人類真是又糊塗又驕傲的東西！」（見《葉聖陶和兒童文學》，頁226～227）

這篇作品用童話的形式駁斥了打破「鳥言獸語」的謬論。

通過這場論戰，對童話的性質有了更深的認識，對童話的價值作了更有力的肯定，童話被確定爲兒童的精神食糧，可納於兒童教材之內。童話理論的發展，對童話創作也是一股有力的推動力量，童話在反挫中似乎又前進了一步。

這場論爭，引起理論界對童話的更大關注，其間比較有影響的理論文章。如朱文印的〈童話作法之研究〉、陳伯吹〈童話研究〉、徐子蓉〈從表演法上研究童話的特殊性〉。（詳見王泉根《中國現代兒童文學文論選》在論成的兩年後，商務印書館出版了黃翼的《神仙故事與兒童心理》一書。）

這次的論爭，由於一方是「文武官員」，雖然他們在理論上是站不住腳的，也遭到各方面的强烈反對。「鳥言獸語」用不著打破，大家的意見似乎趨於一致了，但是他們卻等待機會利用權勢干涉。

當時，國、共兩黨由合作到開戰，日本屢屢發動戰爭，社會黑暗，經濟衰敗，整個社會彌漫著反抗的情緒，極需要尋求出路的導向。於是對童話理論來說，「兒童年」的到來是它推進的又一個契機。一九三三年十月，上海兒童幸福委員會呈准上海市政府定一九三四年爲「兒童年」。一九三五年三月，國民政府又根據中華慈幼協會的呈請，定一九三五年八月開始的一年爲「兒童年」。這樣一九三四年、一九三五年、一九三六年都沾上了「兒童年」的邊，熱鬧了三年。有了兒童年，整個社會進一步關心兒童、兒童教育和兒童文學，許多優良的兒童文學作家都貢獻出自己的精心之作，但一些陳腐的封建說敎也乘機會出來强加給少年、兒童，對當時的不良現象，魯迅、茅盾等人皆有批評（詳見金燕玉《中國童話史》，頁268）。茅盾提出新童話——新的神仙故事的見解，他認爲新童話是引導少年、兒童前進的童話和科學童話，這種意見對三十年代、四十年代產生了很大的影響，讓童話背負起嚴肅的社會使命，使得童話從娛樂的、啓發想像力的價值取向轉向幫助少年、兒童選擇生活道路的價值。

這種與現實社會結合的新童話取向，又引起衞道者的不安。一九三八年一月一日，陳立夫就任國民政府教育部長後，在小學教師的集會上講話時，常常肆意攻擊「鳥言獸語」不合科學，應該廢止。於是運用行政權力，即審定教科書的權力，把國語教科書中的童話盡量砍去。從此，童話等鳥言獸語一類的教材便在商務、中華、世界等書局發行的各種國語教材書中絕跡了。

抗日期間，由於現實的需要，童話的主題，要皆以抗日救國爲主。

抗日勝利後，又由於政治腐敗，國共爭權，童話又把鋒芒指向社會的黑暗，揭露和抨擊腐敗的政治，譏嘲和諷刺兼而有之。

總之，從戰時至戰後，中國童話並沒有凋零、衰敗。只是童話觀念有了全面的轉向，從以兒童爲本位轉向以社會爲本位。激發童話作家創作欲望的大多是對日侵略者的同仇敵愾之氣和對當局腐敗統治的不滿情緒，題材和主題都以此爲軸心。當時理論界也不再探討、研究童話的藝術規律，而只是關注童話的現實性。於是有科學童話、政治童話的盛行。我們可以說丟掉傳統童話的藝術手法，丟掉兒童本位的觀念，是本時期童話觀念的兩個偏頗之處，影響著童話創作。魯迅於《〈表〉譯者的話》一文有云：

譯成中文時，自然也想到中國。十來年前，葉紹鈞先生的《稻草人》是給中國的童話開了一條自己創作的路。不料此後不但並無蛻變，而且也沒有人追蹤，倒是拼命的在向後轉。（見王泉根評選《中國現代兒童文學文論選》，頁149）

(二)兩腳變成輪盤，走得比汽車還快。
子愷畫

第參章

豐子愷與兒童文學作品

豐子愷是我國現代藝術、文學舞台上一個響亮的名字。他以精深的藝術修養和旺盛的創作意志，一生涉及文學、繪畫、音樂、翻譯、書法等各個藝術領域，並且都取得了傑出的成就，這在中國新文化運動中是不多見的。楊牧於〈豐子愷禮讚〉一文有云：

豐子愷秉賦不平凡，他又在一個傳統的藝術文學環境中成長受教育，師友的啟迪昭然彰著。他具備了文學家的想像力，藝術家的敏感；而且，他更一生保有無限的愛心和同情。豐子愷不但對於整個人類社會懷抱溫柔敦厚的理解和信任，更充份推廣這份愛心，民胞物與。在豐子愷眼前，天下萬物莫非一體，禽獸草木，都是我們生命的一部份，感染了我們的喜怒哀樂，不可忽略，不可欺凌。他的愛心和同情支配了他一生的文學和藝術，貫通他的學術和精神，無限地擴充，令人肅然起敬。然而我們讀豐子愷的散文，和讀他的漫畫一樣，卻絕無絲毫壓迫拘束的感覺；我們面對一位精神如此超脫的大師，卻完全不感覺躊躇懼怕，因為豐子愷保有一份直接而真實的赤子之心。（見洪範版《豐子愷文選》，頁3）

本文主題是兒童文學，尤其是童話。是以除敍述其生平與童話之外，並述及與其思想或創作有關的人、事。

第一節 生平

豐子愷於一八九八年出生於浙江省崇德縣石門灣。豐家世代經營染坊。父親豐鐄，字斛泉，長於詩文，是中國歷史上最後一科及第的舉人（補行庚子辛丑恩正併科，一九〇二年）。豐子愷排行老七，是長子，取名豐潤，字慈玉。豐氏八歲時，父親去世。

豐氏幼年讀書，由父親啓蒙親授。九歲入私塾（一九〇六年）。十三歲時，私塾改爲小學，名爲「崇德縣立第三高等小學校」。豐氏是第一屆學生。在小學讀書時改名爲豐仁。

十七歲入浙江省立第一師範學校，一九一九年（二十一歲）陰曆二月十二日與徐力民女士結婚。二十二歲畢業（一九一九年），二十四歲赴日本，在東京學習繪畫和小提琴，又進修日文、英文。十個月以後回到上海，嘗試日本畫家竹久夢二的畫風，以漫畫抒寫古詩意境、兒童生活和社會百態。

回國後，在教書之餘，並從事漫畫、寫作、翻譯等工作。從一九二五年《苦悶的象徵》問世時起，到一九三七年抗戰爆發時爲止，這十二年間，豐氏出版了大量的書籍，有畫集、文集、音樂書、藝術理論書、翻譯書等，共約六十種。

抗戰爆發，一九四二年秋豐氏逃難到重慶，並在國立藝術專科學校任教。一年後辭去，住在重慶沙坪壩家，以著述鬻畫爲主。

一九四五年抗戰勝利結束。一九四六年夏，豐氏取道西北，經四川綿陽、陝西寶雞、西安、鄭州，來到武漢，再由水路到達上海。秋間在杭州定居，在杭州住到一九四八年初秋。一九四八年九月到台灣遊，十一月到廈門小住。一九四九年三月到香港開畫展。四月下旬，豐氏由香港飛返上海迎接解放。共產黨建國後，豐氏主要工作是翻譯。一九五〇年，豐氏已五十二歲，卻開始學俄文。

文革期間，豐氏遭到殘酷迫害，身心備受摧殘。一九七五年九月十五日，豐氏在陰霾蔽日的情況下含恨長逝。

豐氏一生的著作很豐富，共有一百五十多種。他在繪畫、文學、音樂、書法、藝術理論、翻譯等各方面都作出了貢獻。

第二節　李叔同

豐子愷在第一師範學校讀書時有兩位最親近的老師，一位是李叔同；一位是夏丏尊。對豐氏來說，兩位同樣是可敬愛的老師，一位培育了豐氏藝術才智和認眞的苦學精神；一位啓發了他的文章才華和憂國憂民的愛世之心，再加上踏入社會後的交遊所給予的種種影響，於是形成了豐氏後來的個性發展和爲學立業的導路。

豐氏在〈悼丏師〉一文裡說：

夏先生與李先生對學生的態度，完全不同。而學生對他們的敬愛，則完全相同。這兩位導師，如同父母一樣。李先生的是「爸爸的教育」，夏先生的是「媽媽的教育」。夏先生後來翻譯的《愛的教育》，風行國內，深入人心，甚至被取作國文教材。這不是偶然的事。

我師範畢業後，就赴日本。從日本回來就同夏先生共事，當教師，當編輯。我遭母喪後辭職閒居，直至逃難。但其間與書店關係仍多，常到上海與夏先生相晤。故自我離開夏先生的絳帳，直到抗戰前數日的訣別，二十年間，常與夏先生接近，不斷地受他的教誨。其時李先生已經做了和尚，芒鞋破缽，雲遊四方，和夏先生彷彿是兩個世界的人。但在我覺得仍是以前的兩位導師，不過所導的對象由學校擴大為人世罷了。（見《文集》冊六，頁158）

然而，就影響而言，則似乎要以李叔同爲多。李叔同出家前，把圖書全部送了人，其中豐氏所得最多，豐氏隨同這些紀念品，也接受了弘一法師的佛教思想影響，一直到他逝世，這種影響長時期支配他的世界觀。不過他所表現的形式與弘一法師不同。豐氏後來雖曾皈依弘一法師，信奉宗教哲學，但他的實踐遠遠地超過了他的信仰。他的一生，主要是秉承老師「認眞」的作風，對世事採取積極的態度。這一點，可以從他後來的生活道路（尤其是抗戰開始後）得到證實。是以本文專論李叔同。

李叔同——弘一法師，這位中國近代著名的藝術先驅者，出家後的佛門高僧，其一生擁有不少學生、弟子和門徒。然而其中與之關係最爲親密、因緣最爲深切、影響最爲廣大，則首推豐子愷。

豐氏自己說「弘一法師是我學藝術的教師，又是我信宗教的導師。我的一生，受法師影響很多。」（見《豐子愷文集》冊六，〈我與弘一法師〉一文，頁398）。我們可以說豐子愷在浙江第一師範求學的這段時期，是他生活道路上的一個重大的轉折點。正是在這裡，他受到李叔同的藝術薰陶，從此就開始了他的藝術生涯。今就《豐子愷文集》中述及李叔同的文章依創作日期之先後轉列如下：

法味（一九二六年）見《文集》冊五，頁21～34。

緣（一九二九年）見《文集》冊五，頁154～156。

致弘一法師（二封，一九三八年，一九三九年），見《文集》冊七，頁366～368。

為青年說弘一法師（一九四三年）見《文集》冊六，頁142～154。

《弘一大師全集》序（一九四七年）見《文集》冊六，頁240～241。

我與弘一法師（一九四八年）見《文集》冊六，398～402。

《前塵影事集》序（一九四九年）見《文集》冊六，409～410。

拜觀弘一法師攝影集后記（一九四九～一九五〇年）見《文集》冊六，頁

415～418。

中國話劇首創者李叔同先生（一九五六年）　見《文集》冊六，頁528～532。

《弘一大師紀念冊》序言（一九五七年）　見《文集》冊六，頁468。

《李叔同歌曲集》序言（一九五七年）　見《文集》冊四，頁563～564。

先器識而後文藝（一九五七年）　見《文集》冊六，頁533～536。

李叔同先生的愛國精神（一九五七年）　見《文集》冊六，頁537～540。

李叔同先生的教育精神（一九五七年）　見《文集》冊六，頁541～544。

《弘一大師遺墨》序言（一九六一年）　見《文集》冊四，頁578～579。

《弘一大師遺墨續集》后記（一九六四年）　見《文集》冊四，頁581。

其間〈爲青年說弘一法師〉一文，曾載一九四三年《中學生》半月刊第六十三期，編入一九七五年版《緣緣堂隨筆》時改名〈懷李叔同先生〉。並見存於楊牧編《豐子愷文選Ⅱ》（頁149～158）。

在我國近年藝術史上，弘一法師是一聲永恆的迴響，他的藝術才華渾然自成，歷經歲月的雕琢而光華依然，不論是入世的繪畫、書法、戲劇、詩詞、金石、音樂等藝術；或是出世的宗教藝術，皆在其「願意」、「用心」、「明白」的生命態度下，散發出耀眼、動人的光華。他的特殊，不僅表露在其悠然恬醇的作品中，更印證在他那「做一樣、像一樣」的自然風骨上。

弘一法師爲浙江省平湘人，一八八〇年農曆九月廿日生於河北省天津市，俗姓李，名廣侯，號叔同，字息霜。大師性情恬靜耿介，少年時期即展露藝術方面的才華，先後追隨名師學詞、習字，二十歲餘即文采斐然，於詩文詞賦之外，尤好繪畫，工篆刻。二十歲留學日本，入上野美術專門學校習西洋畫，同時研習音樂，並與同好創組話劇社團「春柳社」，後來該社遷回上海，成爲我國新劇運動的先驅。大師三十一歲學成回國，先後任教於「天津工業專門學校」等校，後被聘爲上海太平洋報社編輯，同時主編文美雜誌，藉書畫文字宣揚革命理念。一九一二年應聘於浙江第一師範學校，教授圖畫、音樂等科系七年，開我國西洋藝術教學之風。

一九一八年，大師將所有書畫等物贈人，又將所雕金石封於西泠印社之石壁中，題曰「印藏」，遂披剃於杭州虎跑寺，依了悟和尚爲師，時年三十九歲；翌年於靈隱寺受具足戒，法名演音，號弘一，發願畢生精研戒法，苦修律宗，振興了南山律宗的傳統，佛門中尊稱他爲「重興南山律宗第十一代祖師」。

大師出家後的足跡遍及江南各大廟宇，跣足芒鞋，孑然一擔，講經弘法之餘，猶提出「念佛不忘救國，救國不忘念佛」的主張，且陸續整理、完成了〈戒相〉、《華嚴十迴向品初迴向章》等經文、佛典，對佛教界貢獻良多。

一九四二年二月初，大師移居「溫陵養老院」，八月廿八日立下遺書，九月一日下午四時，寫下「悲欣交集」四字交與侍僧妙蓮法師。九月四日午後八時，示寂於溫陵養老院晚晴室，享年六十三。

大師一生清明圓融、孤高耿介，不收徒衆、不主寺剎，惟以寫字與人結緣，隨心、隨喜、隨緣的生命情境爲濁世涓聚成一瀑清泉，亮懿德行永照人寰。

豐氏於一九一四年進入浙江第一師範學校。這所學校裡的師生對藝術的教學十分重視。其情景宛若一所藝術專科學校。豐氏是在這樣的環境裡開始從師於李叔同的，並接受正規的音樂和繪畫教育。

李叔同上課嚴肅，凡事認眞，且多才多藝，因此豐氏對李叔同所授的圖畫、音樂課有偏愛，成了藝術科頂尖的學生，不但會彈鋼琴，還能唱男高音；他善篆刻，加入李叔同倡導的「樂石社」（後改名爲「寄社」）。他的圖畫成績好，又被推舉爲學校「桐陰畫會」的負責人。豐氏在藝術上的各項進步都引起了李叔同的注意。由於李叔同的注意，使豐氏決定一生奉獻藝術，豐氏在〈爲青年說弘一法師〉一文中，曾說明其因緣如下：

有一晚，我為級長的公事，到李先生房間裡去報告。報告畢，我將退出，李先生喊我轉來，又用很輕而嚴肅的聲音和氣地對我說：「你的圖畫進步快。我在南京和杭州兩處教課，沒有見過像你這樣進步快速的人。你以後可以……」當晚這幾句話，便確定了我的一生。可惜我不記得年月日時，又不相信算命。如果記得，而又迷信算命先生的話，算起命來，這一晚一定是我一生中一個重要關口。因為從這晚起，我打定主意，專門學畫，把一生奉獻給藝術，直到現在沒有變志。從這晚以後，我對師範學校的功課忽然懈怠，常常逃課學畫。（見《豐子愷文集》冊六，頁149）

自從李叔同收了豐氏這位弟子以後，他開始從多方面培養豐氏的藝術才能。他要求豐氏在學習課程規定的英文外，再苦修日語，並由他自己在課外教授，試圖以此擴大豐氏的藝術視野，提高自身素養。這樣，豐氏與老師的接觸日益頻繁，其深厚彌篤、永恆持久的師生情誼從此牢固的建立了。

在繪畫的技能訓練上，豐氏得到了李叔同的悉心指點。但從目前僅存的幾幅李叔同繪畫遺作中，很難看出豐氏在繪畫風格上繼承了李叔同多少東西。實際上，李叔同給予豐氏更多的則是一顆藝術家的心靈。

一九一八年，李叔同祝髮入山。剃度前，將畫具用品分贈高年級學生，豐氏所得最多。又李叔同在俗世時之照片及早期畫稿悉歸豐氏保藏。李叔同走了，他成了弘一法師，而豐氏仍留戀從前的日子。他經常跑到虎跑寺中去聆聽教益，並時時把大師有關的學藝的指示傳達給同學們。一年之後，豐氏亦畢業離校。

一九二一年初，豐氏辭去教職，決心像李叔同一樣，到日本留學。赴日前幾天，曾專程到杭州與弘一法師告別，接著就搭上了山城丸號輪船，開始了他十個月的留學生活。

在日本，他接觸到了竹久夢二、蕗谷虹兒的漫畫，經消化、創造，形成了他自己獨特風格的「子愷漫畫」。

由於豐氏一直都與弘一法師保持著極為密切的關係，弘一法師的言行、思想、品格，以至信仰，都影響了豐氏。終於，豐氏發願要從弘一法師皈依佛門了。其皈依儀式於上海江灣永義里「緣緣堂」舉行，時間是一九二七年十月二十一日。

豐氏拜了弘一法師爲皈依師，取法名嬰行。是弘一法師在俗世朋友、學生中唯一的一位。皈依後的豐氏，與弘一法師有了編繪《護生畫集》的計劃。

編繪《護生畫集》，是弘一法師與豐氏經過精心策畫的構想。它力求用畫筆繪出深入淺出、婦孺皆曉的護生畫，再配上詩文，以啓示人們愛護生命，並培養愛心。

第一集《護生畫集》出版於一九二九年二月，共五十幅畫，出版時正逢弘一法師五十歲壽辰。從護生畫後五集看，第二集六十幅，第三集七十幅……第六集一百幅，這都是根據弘一法師的意願，分別爲紀念六十、七十……歲生日而作。

我們可以說，豐氏在李叔同啓迪下開始走上藝術道路的；他那顆受過老師薰陶的藝術心，始終主導著他的創作。跟老師一樣，豐氏以博愛、深廣的心靈，去看天地間一切有情無情的物；他相信藝術家所見的世界，是一視同仁、平等的世界；藝術家的心，對於世界萬物都應給以熱情的同情。楊牧認爲「讀豐氏《憶兒時》一文，看他深悔兒童時代對生靈的殺虐，可以盡知其信仰，體會他廣大的愛心和同情，更不免想到佛家的慈悲爲懷，與人爲善，乃知豐子愷確實是二十世紀動亂的中國最堅毅篤定的文藝大師，在洪濤洶湧中，默默承受時代的災難，從來不徬徨吶喊，不尖酸刻薄，卻又於無聲中批駁喧囂的世俗，通過繪畫和文學，創作和翻譯，沈潛人類心靈的精極，揭發宇宙的奧祕，生命的無常和可貴」。（見〈豐子愷禮讚〉一文）

第三節　豐子愷與教育

楊牧在《豐子愷文選Ⅳ》編記後》有云：

李叔同是豐子愷中學時代的恩師，我們覺得增印豐氏對李先生教育精神的闡釋，可以更進一步把握豐子愷人格成型的脈絡。豐子愷是近代中國文藝大師當中，和實際教育工作最接近的一位，他辦學校，實驗童話創作，寫「教師日記」，更在主持開明編務的時候，積極以青年學生讀者為對象而努力，他許多工作的管道都通向新時代學子的教育和啟發；這種精神和方法必有其重要的源頭，李叔同的感召不可忽視。（頁238～239）

本文擬以所從事學校教育爲主，並從其間以見其交往的朋友。

豐氏於一九一九年七月，畢業於浙江省第一師範學校。十分希望繼續求學，專修圖畫，但家境不許。正在躊躇之際，有同校高級師範圖畫手工專修科畢業的吳夢非和新從日本研究音樂歸國的劉質平，計議在上海創辦一所培養圖畫、手工、音樂教員的專科師範學校，拉豐氏合作，豐氏欣然同意。吳、劉、豐三人都是浙一師時李叔同的學生。吳氏攻手工，劉氏攻音樂，豐氏攻繪畫。學校於九月成立，校址就在小西門黃家闕路。吳氏任校長，豐氏任教務主任。

豐氏除在上海專科師範任教外，並在南市花衣街城東女校教圖畫課。妻子徐力民就在該校專修班讀書。

一九一九年，上海專科師範和愛國女校的一些教職員如姜丹書、張拱璧、周湘、歐陽予倩、吳夢非、周質平、豐子愷等發起，成立中華美育會，各地師範學校和有關教職員陸續入會，並利用暑假講習會的形式集會。次年，還出版會刊《美育》七期。豐子愷在《美育》上發表了〈忠實之寫生〉、〈普通教育上圖畫教材之研究〉等文，是我國早期論述美術和美術教育的文章。

豐氏在專科師範任教一年半以後，爲了進一步豐富和充實自己的知識，以及想窺見西洋畫的全貌，他決心東渡日本求學。

豐氏於一九二一年仲冬，由日本歸來，爲了生活和還債，豐氏不得不放棄畫油畫和練小提琴而重操舊業，繼續過他的教書生活，他輾轉奔走，在各地學校教圖畫課、音樂課，或專職，或兼任。

起初，他仍然在上海專科師範學校任教，那時候，陳望道已在該校任美學教師，兩人意氣相投，過往甚密。陶元慶和錢君匋等，都是當時豐氏的學生。除上海專校外，豐氏又曾去吳淅中國公學中學部任教。中國公學中學部是當時國內第一所男女同學的中學，主任舒新城。同事有朱光潛、匡互生、張作人、孫俍工、周爲羣、陶載良、沈仲九等人。

一九二二年，豐氏應老師夏丏尊之邀，到浙江上虞白馬湖畔的春暉中學任教。在春暉中學執教兩年多。這段時期，同時還在省立寧波第四中學兼課，往返於寧波、上虞兩地。

當時的春暉中學，以夏丏尊爲首，聚集了一羣對文藝事業頗有抱負的青年人，其中有朱自清、朱光潛，同事中還有匡互生、劉薰宇、劉叔琴等，他們都與豐氏交往甚密。豐氏有夢二風格的漫畫，正是在這時候開始問世。而朱自清則是豐氏漫畫的發掘者、評論者，他曾爲豐氏的第一本畫册《子愷漫畫》作序，爲第二本畫册《子愷畫集》作跋。

一九二四年，因春暉同仁的教育主張與校方領導者不合，教師們便集體辭職，希望按照自己理想的意願辦一所學校。於是以匡互生爲首，帶了一部份學生，到上海籌備創辦立達中學。爲籌辦經費，豐氏賣去了上虞白馬湖的小楊柳屋，約七百餘元，別的志同道合者大家湊一點錢，一共得一千餘元，於一九二四年至一九二五年的嚴冬，就在虹口老靶子路租了兩幢房子，掛起「立達中學」的牌子來。

在立達初創期間，物質基礎很差。匡互生、朱光潛、豐子愷和其他從春暉中學出來的一部份師生，後來又同以陶載良爲首，從中國公學分出來的部份師生相結合，一起進行艱苦的籌備工作。所謂「中學」，其中只有兩、三張飯桌和幾張長凳。不久，他們又嫌老靶子路的房租太貴，就雇了一輛榻車，把「全校」遷到小西門黃家闕路，即原來專科師範的校舍，就開學了。（那時專科師範已遷往辣斐德路）

豐氏和同仁一起勤勞奔波，爲立達付出巨大的精力，但是他在爲立達五周年校慶撰文紀念時，除了把功勞都歸給其他同仁外，特別重視校工郭志邦的辛勞。

立達的制度和其他學校不同，沒有校長，也不設主任等職稱，而是實行「教導合一」制，對學生實行愛的教育，用說服、感化的方法來教育學生。師生就同父母子女一般親熱。因此學生漸漸多起來，一九二五年夏天，匡互生便發起在江灣自建校舍，改名爲「立達學園」。

在立達學園，豐氏歷任校務委員會委員，兼任西洋畫科負責人。當時立達同仁有匡互生、朱光潛、夏丏尊、劉薰宇、劉叔琴、方光燾、陶元慶、夏衍、陳望道、許傑、夏承法、裘夢痕、陶載良、黃涵秋、丁衍鏞等。不久「立達學會」成立，一時校內外的文化教育界著名人士，輾轉介紹參加。茅盾、葉聖陶、鄭振鐸、陳望道、胡愈之、夏丏尊、劉大白、朱自清、朱光潛、夏衍、許傑、周予同等，都是該會的會友。立達學會並創辦刊物《一般》，豐氏擔任全部美術裝幀設計工作，並經常發表文章和漫畫。

豐氏在談到立達的命名時說：立達兩字，就是取《論語》的「己欲立而立人，己欲達而達人」這個意思。據此可明白創辦「立達學園」和成立「立達學會」的宗旨了。

立達的西洋畫科自一九二五年創辦開始，至一九二八年暑假凡三年。這一批學生畢業，因經費難籌，西洋畫科便停辦。豐氏把未畢業的學生和幾位老師推薦給杭州西湖藝專。

一九三二年「一二八」淞滬戰役，江灣首當其衝。戰事平定後，匡互生不屈不撓，奔走設法，終於修復校舍，繼續開學。但匡互生在奔走中被汽車撞傷去世。匡互生死後，立達同仁中出現分歧，豐氏便不再與聞校事。到一九三三年，政治勢力滲入立達學園，他便辭去了職務。

自一九二五年至一九二九年在任職立達的期間，豐氏曾先後兼課於上海藝術大學、澄衷中學及松江女子中學等校。

一九三七年七月七日，蘆溝橋事變發生，而後開始了長達八年之久的離亂歲月。

一九三九年九月，在桂林師範學校任教，教國文與圖畫。

一九三九年，應浙江大學之聘，到廣西宜山浙大任教。四月八日到達宜山，住龍崗園，在浙江大學師範學院開「藝術教育」、「藝術欣賞」兩門課。

一九四一年七月，在浙大增開「中國新文學史」課。

一九四二年秋，辭浙江大學，到國立藝術專科學校任教授兼教務主任。十月到達重慶，住沙坪壩。一九四三年秋，辭去藝專教職，以著述爲生。

一九四五年八月十日，日本投降。明年夏天，取道西北，經四川綿陽、陝西寶雞、西安、鄭州，到武漢，再由水路到達上海。秋間在杭州定居。

在國民黨撤退之前，豐氏皆賦閒，靠賣畫、寫文章、著書爲生。豐氏在這段時期對社會十分不滿。抗日戰爭前因住過石門灣、江灣、楊柳灣，而稱之爲「三灣先生」，在勝利後則改爲「三不先生」，一不教課；二不講演；三不宴會，其憤世嫉俗之心情可想而知。（見《文集》冊六，〈宴會之苦〉，頁204～208）

第四節 豐子愷與兒童

在現代藝術家中，豐子愷是以作爲兒童的熱愛者身分出現的，他是兒童的崇拜者，他所創作的文學藝術作品，反映兒童，描寫兒童生活成了他主要的創作題材。他始終懷著一顆和孩子們心心相印的赤誠之心，把他對人生的理解，企圖通過他的作品極其完善地反映出來。

豐氏有一個心愛的煙嘴，他曾請人用精巧的刀工在煙嘴上刻有八指頭陀「童山」的詩句：

吾愛童子身，蓮花不染塵。
罵之惟解笑，打亦不生嗔。
對境心常定，逢人語自新。
堪嗟年既長，物欲蔽天真。（見一九八四年六月岳麓書社《八指頭陀詩文集》，頁40）

這是豐氏童心與愛心的自白。又〈兒女〉一文亦云：

> 近來我的心為四事所占據了：天上的神明與星辰，人間的藝術與兒童。這小燕子似的一羣兒女，是人世間與我因緣最深的兒童，他們在我心中占有與神明、星辰、藝術同等的地位。（見《文集》冊五，頁115～116）

本文擬以「兒童」爲體，試觀豐氏思想與兒童之關係。豐氏在幾十年來的生活經歷裡，究竟是什麼激發起了他對孩子們的愛，激發起了他爲兒童進行創作的熱情？首先，就民國初年以來的政治社會等現狀分期如下：

民國初年的政局（一九一一～一九二五年）。

北伐和統一（一九二五、七～一九三一年）。

九一八事變和七七抗日戰爭（一九三九～一九四五年）。

勝利後和國民黨撤退（一九四五、八～一九四九、十二年）。

再就豐氏生平分成四個時期：

一九二七年左右之前

抗戰時期

勝利還鄉時期

共產黨建國以後時期

一九二七年是北伐時期，也是蔣總司令斷然清除「共產黨」的開始。而豐氏亦於一九二八年正式從弘一法師皈依佛門，法名嬰行。可說是豐氏思想上明顯變化的一個時期。豐氏的基本思想也因此而建立。

豐子愷秉賦不凡，又在一個傳統的藝術、文學環境中成長受教育，師友的啓迪昭然彰著，他具備了文學家的想像力，藝術家的敏感；而且，他更一生保有無限的愛心和同情。在〈憶兒時〉一文裡（見《文集》冊五，頁135～140）。他回憶兒時，有三件不能忘卻的事：

第一件是養蠶。

第二件不能忘卻的事，是父親的中秋賞月，而賞月之樂的中心，在於吃蟹。

第三件不能忘卻的事，是與隔壁豆腐店裡的王囡囡的交遊，而這交遊的中心，在於釣魚。

而他的感慨是：

我的黃金時代很短，可懷念的又只是這三件事。不幸而都是殺生取樂，都使我永遠懺悔。（同上，頁140）

又在〈我的少年時代〉一文裡（見《豐子愷研究資料》，頁68～69），回憶中印象最鮮明的，是剪辮子事件。剪辮子事件「似乎全是快樂、幸福和光榮的希望」，也是重新出發的一日。

以上是豐氏童年的重要事件。豐氏從小就有了畫名。因此所謂「天上的神明與星辰，人間的藝術與兒童。」其實早已在他的心中。而後在浙江第一師範學校時，經李叔同、夏丏尊兩位師長的啓迪，使他從文學與藝術中找到了自己，他嚮往自然（如〈青年與自然〉、〈自然〉等文），他曾經與人發起成立中華美育學會，在該會會刊《美育》第七期上，除發表〈藝術教育的原理〉（見《文集》冊一，頁11～16）外，並提倡「美是人生的一種究竟的目的，美育是新時代必須做的一件事。」他說：

「美」都是神的手所造的。假手於「神」而造美的是藝術家。（見《文集》冊五，〈自然〉，頁107）

可見豐氏在青年時代，就懷著這種美和生活緊密結合的美學觀，重視著社會現實，企求由此進一步去改變現實。在這段期間豐氏的思想有時顯得很複雜、很矛盾，甚至很消極軟弱。他像飽嘗了人間的甜酸苦辛，他深感世事無常。對人生美好的憧憬破滅了，就在這時，他接受了老師李叔同的思想影響，皈依佛法，憎恨於黑暗的現實生活，希望通過佛門寄託自己的苦悶。於是他又從宗教與兒童中肯定了自己。他說：

藝術、宗教，就是我想找求來剪破這「世網」的剪刀。（見《文集》冊五，〈剪網〉，頁95）

現在我已行年三十，做了半世的人，那種疑惑與悲哀在我胸中，分量日漸多；但刺激日漸淡薄，遠不及少年時代以前的新鮮而濃烈了。這是我用功的結果。因為我參考大眾的態度，看他們似乎全然不想起這類的事，飯吃在肚子裡，錢進入袋裡，就天下太平，夢也不做一個。這在生活上的確大有實益，我就拼命以大眾為師，學習他們的幸福。學到現在三十歲，還沒有畢業。……我確信宇宙間一定有這冊大帳簿。於是我的疑惑與悲哀全部解除了。（見《文集》冊五，〈大帳簿〉，頁160～161）

這個時期，他寫出了許多充滿宗教意味的散文，如：〈漸〉（見《文集》冊五，頁96～99）、〈大帳簿〉（同上，頁157～161）、〈秋〉（同上，頁162～165）等等。他一方面想逃離這醜惡的現實，卻又不能割斷對現實的眷念。他在〈讀《緣緣堂隨筆》讀後感〉中說：

我自己明明覺得，我是一個二重人格的人。一方面是一個已近知命之年的，三男四女俱已長大的、虛偽的、冷酷的、實利的老人（我敢說，凡成人，沒有一個不虛偽、冷酷、實利）；另一方面又是一個天真的、熱情的、好奇的、不通世故的孩子。這兩種人格，常常在我心中交戰。雖然有時或勝或敗，或起或伏，但總歸是勢均力敵，不相上下，始終在我心中對峙著。為了這兩者的侵略與抗戰，我精神上受了不少的苦痛。（見《文集》

冊六，頁108）

尤其是在接近孩子的生活中，發現兒童的世界是最明淨的。他說：

> 唉！我今晚受了這孩子的啟示了：他能撤去世間事物的因果關係的網，看見事物的本身的真相。他是創造者，能賦給生命於一切的事物。他們是「藝術」的國土的主人。唉，我要從他學習！（見《文集》冊五，〈從孩子得到的啟示〉，頁122）

> 我企慕這種孩子們的生活的天真，艷羨這種孩子們的世界的廣大。（見《文集》冊五，〈談自己的畫〉，頁468）

在這個時期，豐氏寫出了那些謳歌兒童的名篇：〈從孩子得到的啓示〉（見《文集》冊五，頁120～124）、〈華瞻的日記〉（同上，頁141～145）、〈給我的孩子們〉（同上，頁253～256）、〈兒女〉（同上，頁22～26）、〈送阿寶出黃金時代〉（同上，頁446～450）等等。他贊美孩子們是「身心全部公開的眞人」，有「比大人眞是強盛得多」的「創作力」，「世界的人羣結合，永沒有像你們樣的徹底地眞實而純潔」，有著「天地間最健全的心眼」，「天賦的健全身手與眞樸活蹺的元氣」。我們可以說，豐氏因爲不滿受世俗社會影響自己的病態生活，才稱頌因年幼無知而純潔的孩子們；而自己的兒女，則成爲它寄託自己的不滿、逃避病態社會的汚染的港灣。可是在稱頌之餘，卻又已經想到了孩子們純眞靈魂的必然要失掉，因此感到了深沈的悲哀。楊牧在〈豐子愷禮讚〉一文裡說：

兒童是豐子愷的「大自然的虔信」最落實，最親切的題材。他不但記述自己的童年時代，幻想和喜悅，疑問和好奇，在回憶中編織一面又一面彩色透明的網紗，使我們為之神往，體會我們自己童年的痕跡，如笑聲震盪，如淚眼婆娑；他不但深入思維阿難短暫的生命，在其中理出無限智慧的啟發；他更時常輕描淡寫他和孩子們生活在一起的溫馨情感。讀豐子愷散文，於此一題材所見最多最動人。他寫送孩子們赴考的經驗，溫文爾雅，充滿體貼的語調；他為孩子們的急功近利感到好笑，但並沒有責備，反而非常同情。文章以牽牛花爬高為啟為結，頗有禪偈之意，但也僅止於點到，不忍心渲染。

……至於他特別為孩子們寫的文字，更是氣韻飽滿，感情豐富。〈作父親〉筆調如其漫畫，令人愛不釋手，讀完後，不免覺得「在這一片天真爛漫光明正大的春景中」，孩子的哭聲和笑聲是揉合在一起了！沒有邪念，只充滿生長的希望，在他細心描寫的世界裡：「庭中的柳樹正在駘蕩的春光中搖曳柔條，堂前的燕子正在安穩的新巢上低佪軟語」。我想中國自有新文學以來，沒有一個人曾經把兒童的聲色如此動人地納入大自然的時序移轉中，毫不做作，直臻人生宇宙的化境。（見洪範版《豐子愷文選》，頁5～6）

我們知道，豐氏在看透了黑暗的現實社會的骯髒、冷酷之後，豐氏幻想追求一種純潔、崇高的精神境界，在現實世界裡無法實現，然而卻在孩子的世界中發現了這種純眞而高尙的精神，於是對孩子熱愛的强烈感情在他的作品中便化爲一種崇拜之心。

而事實上，從一九二五年到一九三七年對日抗戰爆發時止，這十二年間，是豐氏生活安定的時期。豐氏出版了大量的書籍，有畫集、文集、音樂、藝術理論書、翻譯書等，共約六十種。

一九三七年抗日戰爭，豐氏才眞正被迫離開他的「世外桃源」，走上奔波流離的道路。安緣守己的迷夢被打破，豐氏不僅不得不面對民族的危亡和人民的困厄，而自己也不得不「身入其中」，成爲流亡隊伍中的一個。其間〈辭緣緣堂〉一文最能說明豐氏此時的思想情緒。這篇文章在作者的人生經歷和寫作歷史上居有特別重要的地位。由於作者寫得眞誠而坦率，這篇文章是理解豐氏以後作品的一把鑰匙。我們只要讀了它，就能了解作者處世和寫作態度的轉變的根源。就涉及「兒童」而言，已不再是記述或回憶自己的童年，或是描述自己的子女，而是寫社會上的兒童，也不再是有深沈的悲哀，相反的是童心與愛心的追求。豐氏在〈我與《新兒童》〉一文裡說：

> 我相信一個人的童心，切不可失。大家不失去童心，則家庭、社會、國家、世界，一定溫暖、和平而幸福。所以我情願做「老兒童」，讓人家去奇怪吧！（見《文集》冊六，頁408）

豐氏經過對日抗戰的洗禮，在人世間與他因緣最深的兒童，已由自己的孩子走向普天下的孩子們。

一般說來，豐氏文學作品中專寫兒童的，或涉及兒童的作品，大致可分三類：

一類是追憶自己的童年的。如〈憶兒時〉（見《文集》册五，頁135～140）、〈學畫回憶〉（同上，頁412～419）。

一類是寫自己身邊的孩子的。如〈從孩子得到的啓示〉（同上，頁120～124）、〈阿難〉（見《文集》册五，頁146～148）、〈作父親〉（同上，頁257～260）、〈兒戲〉（同上，頁261～262）等。

一類是寫社會上的兒童的。如〈放生〉（同上，頁396～399）、〈鼓樂〉（同上，頁376～379）、〈送考〉（同上，頁357～361）。

又豐氏曾把自己的漫畫創作，分爲四個時期：

第一是描寫古詩句時代。

第二是描寫兒童相時代。

第三是描寫社會相時代。

第四是描寫自然相時代。（詳見《文集》冊四，〈漫畫創作二十年〉，頁387～391）

雖說四個時期交互錯綜，不能判劃界限，但我們認爲只有自覺的走出自我壓抑，方能成爲大家，豐氏在〈漫畫創作二十年〉一文中說：

我作漫畫由被動的創作而進於自動的創作，最初是描寫家裡的兒童生活相。我向來憧憬於兒童生活，尤其是那時，我初嘗世味，看見了當時社會裡的虛僞驕矜之狀，覺得成人大都已失本性，只有兒童天真爛漫，人格完整，這才是真正的「人」。於是變成了兒童崇拜者，在隨筆中（見《緣緣堂隨筆》）、漫畫中，處處贊揚兒童。現在回憶當時的意識，這正是從反面詛咒成人社會的惡劣。這些畫我今日看時，一腔熱血還能沸騰起來，忘記老之將至。這就是〈辦公室〉、〈阿寶兩隻腳凳子四隻腳〉、〈弟弟新官人，妹妹新娘子〉、〈小母親〉、〈爸爸回來了〉等作品。這些畫的模特兒——阿寶、瞻瞻、軟軟——現在都已變成大學生，我也垂垂老矣。然而老的是身體，靈魂永遠不老。最近我重展這些畫冊的時候，彷彿覺得年光倒

流，返老還童，從前的憧憬，依然活躍在我的心中了。（見《文集》冊四，頁389）

我們可以說豐氏對兒童的熱愛不但深，而且是崇高的，因爲他不光是給予自己的子女們，同時也給予了「普天下的孩子們」。這愛，這給予，是通過他的大量的文學作品，大量的兒童漫畫和大量爲兒童翻譯的著作表現出來的。事實說明，豐氏不只是兒童世界的神遊者、陶醉者，更是兒童園地辛勤的播種者、耕耘者。因爲他已從崇拜擴充爲一個智者，對於天眞進行禮讚，對於純潔作普遍的歌頌。他的作品之所以能恆久鮮明，動人之深，是因爲他除了敏感和想像外，他還保有一份可貴的赤子之心。

相對於勝利還鄉後，正是貪官汚吏、投機商人渾水摸魚的時候，於是豐氏那種勝利還鄉滿懷的喜悅心情，終於漸漸地消失殆盡，豐氏對當時的社會十分不滿，且深惡痛疾。他引用古人「惡歲詩人無好語」的話，聲稱自己「現在正是惡歲畫家」（見〈漫畫創作二十年〉一文）。但又覺得這種觸目驚心的畫不宜多畫，希望自己的筆「從人生轉向自然」。至於社會上的「苦痛相、悲慘相、醜惡相、殘酷相」，其根源究竟何在，豐氏沒有明確地指出。化那枝筆的矛頭所向，往往只是一般貪官污吏而已。他只是痛感當時社會的黑暗，企圖從更換官吏的辦法中找求出路，〈貪污的貓〉（見《文集》冊六，頁249～253）、〈口中剿匪記〉（見《文集》冊六，頁254～256）是「惡歲詩人無好語」的作品。他雖然寫黑暗，但由於有赤子之心，他的筆也從人生轉向自然，尋求更深刻的題材，他的作品更具「出人意外，入人意中」的鮮明的感受。因此我們知道，豐氏那顆嚮往光明的心始終在燃燒著。

幾人相憶在江樓

第五節　豐子愷的兒童文學作品

豐子愷的兒童文學創作大致可以分爲兩部分：

一部分是寫兒童的，也就是以兒童爲主人，抒發對孩子的深情厚愛，對世態人情的感觸。這類作品雖然描述的對象是兒童，有的還純粹以兒童的口吻來描述，然而作品所表達的感情仍然是成人的，這些作品大都寫於三十年代。在這類作品中，始終貫穿著「愛」這一主題，情眞意切，令人陶醉，而且將兒童生活細膩而眞實地描繪出來，充滿兒童情趣。

另一部分便完全是爲兒童而創作的，包括童話、故事、音樂、美術故事、散文等。寫作時間可分三十年代和四十年代兩個時期。使豐氏眞正有意識地爲兒童而提筆的機緣，是他參加了編輯兒童刊物《中學生》和《新少年》雜誌後。兩本雜誌都是由開明書店創辦，前者於一九三〇年元月創刊；後者於一九三六年創辦，豐氏都是雜誌編輯。爲了辦好這兩個刊物，爲兒童提供有益的精神食糧，豐氏開始積極地爲這兩個雜誌撰寫文章。豐氏一向重視美育，他把自己在音樂、美術方面豐富的知識寫成許多通俗易懂的故事，分別刊登在《新少年》和

《中學生》雜誌上。三十年代的《新少年》和《中學生》上幾乎每期都有豐氏的文章和漫畫。在撰稿時豐氏依據兩個刊物不同對象的年齡特點，注意文章的深淺適度，使小讀者容易接受。

抗戰勝利後，豐氏從一九四六年到一九四八年三年時間，先後創作了近二十篇兒童文學作品，他統稱這些作品爲「兒童故事」。

其實，豐氏寫作兒童文學，早在一九一四年五月，還是在石門灣高等小學校做小學生的時候，就用「豐仁」的名字，以文言文寫了〈寓言四則〉（詳見《文集》册五，頁1～4）。這四則寓言包括：一、獵人（戒貪心務寡欲）；二、懷挾（戒詐僞務正直）；三、藤與桂（戒依賴務自立）；四、捕雀（戒移禍務愛羣）。運用習見的「寓言」形式，通過簡單的故事情節，最後在寓言的結尾，又模仿司馬遷《史記》的「太史公曰」這種格式，點出作者的寫作意圖，希望讀者通過這則寓言，應該吸取什麼樣的教訓。

在這以後，豐氏寫出了第一篇兒童文學作品〈華瞻的日記〉。從這篇〈華瞻的日記〉看，顯而易見的是，豐氏有自己的兒童文學創作個性。

而本文的重點，是在豐氏爲兒童創作的部分，尤其是童話、故事部分，其間並以四十年代爲主。又本文所指兒童文學作品，主要是以《豐子愷文集》爲據。《豐子愷文集》分藝術卷、文學卷，共兩卷七册。文學卷由豐陳寶、豐一吟編；藝術卷由豐陳寶、豐一吟、豐元章編。《文集》由浙江文藝出版社、浙江教育出版社聯合出版發行，藝術卷（一～四）於一九九〇年九月出版；文學卷（五～七）於一九九二年六月出版。

以下試依《文集》與《豐子愷研究資料》爲據，將豐氏爲兒童創作的童話、故事等作品繫年如下，其間童話、兒童故事的認定，是以《豐子愷研究資料》爲主：

時間	年齡	作品	刊登雜誌	文類
一九一四	十六	獵人、懷挾、藤與桂、捕雀	以上四篇文言寓言，曾刊載於一九一四年二月《少年雜誌》第四卷第二期〈兒童創作園地〉，署名豐仁。	
一九二九	三十一	幼兒的故事	一九二九年六月《新女性》四卷六期。	選譯並作原著日本長尾豐

一九三六	三十八	小鈔票歷險記	作於一九三五年十月十二日，載於一九三六年一月～二月《新少年》一期至三期。一九四七年十月萬葉書店出版，並有序言。	童話，《文集》未收此文。
一九三六	三十八	賀年、初雪、花紙兒、弟弟的新大衣、初步、餵食、兒童節前後、踏青、遠足、竹影、爸爸的扇子、嘗試、珍珠米、媽媽洗浴、洋蠟燭油、新同學、葡萄、九一八之夜、展覽會、落葉、二漁夫、壁畫、寄寒衣、援綏遊藝會	以上各篇皆載於一九三六年一月十日創刊《新少年》。《新少年》爲半月刊，每月十日、二十五日出版，計連載一年二十四期，亦即從創刊號連載至二卷十二期。以上二十四篇於一九三七年三月由開明書店出版，列入《開明少年叢書》之一，書名《少年美術故事》。	

一九三七	三十九	獨攬梅花掃臘雪、晚餐的轉調、松柏凌霜竹耐寒、理髮與情趣、鐵馬與風箏、律中夾鐘、翡翠笛、巷中的美音、外國姨母、芒種的歌、蛙鼓	以上十一篇，曾連載於一九三七年一月～六月《新少年》第三卷第一期至十一期。	音樂故事
一九四六	四十八	新枚的故事	作於一九四五年六月。載一九四六年十一月十五日《文藝春秋》三卷五期。又《文集》未收此文。	兒童故事
一九四七	四十九	生死關頭	作於一九四六年十一月十八日。載《兒童故事》第一期。	童話
		一簣之功	作於一九四六年十月十八日。載《兒童故事》第二	童話

	期。	
伍圓的話	作於一九四六年十二月十三日。載《兒童故事》第三期。	童話
博士見鬼	載《兒童故事》第四期。	童話
賭的故事	作於一九四七年二月九日。載《兒童故事》第五期。	童話
大人國	作於一九四七年三月六日。載《兒童故事》第六期。	童話
有情世界	作於一九四七年清明。載《兒童故事》第七期。	童話
種蘭不種艾	作於一九四七年五月二日。載《兒童故事》第八期。	童話

赤心國	作於一九四七年七月。載一九四七年八月一日《論語》一三四期。初收《緣緣堂集外遺文》（香港問學社一九七九年十月）。	童話
續大人國	作於一九四七年五月三十日。載《兒童故事》第九期。	童話
明心國	作於一九四七年乞巧節。載一九四七年九月二十二日《天津民國日報》。《文集》不收此文。	童話
夏天的一個下午	作於一九四七年七月二日。載《兒童故事》第十期。	童話
油缽	載《兒童故事》第十一期。	童話

一九四八	五十	姚晏大醫師	載一九四八年一月《兒童故事》二卷一期。	童話
		鬥火車龍頭	載二月《兒童故事》二卷二期。	童話
		新年的話	作於一九四八年一月二日。《兒童故事》二卷三期。《文集》不收此文。	童話
		騙子	載四月《兒童故事》二卷四期。	童話
		毛廁救命	作於一九四八年萬聖節。據《豐子愷研究資料》載四月十四日～十五日《天津民國日報》。又據《豐子愷文集》冊六，並載於七月《兒童故事》二卷七期。	童話

		銀窖	載五月《兒童故事》二卷五期。	童話
		爲了要光明	作於一九四八年五月六日。據《豐子愷研究資料》載一九四八年五月十日《天津民國日報》。又據《豐子愷文集》冊六，並載於八月《兒童故事》二卷八期。	童話
		獵熊	作於一九四八年三月四日。載六月《兒童故事》二卷六期。	童話
一九五〇	五十二	三層樓	作於一九四九年十一月二十日。載一九五〇年一月二十九日、二月五日《北京新民報》。	童話

除外，並將豐氏爲兒童創作的故事、童話，其間曾結集成書者亦表如下：

書名	出版年月	出版社	內容
少年美術故事（兒童故事）	一九三七年三月	上海開明書店	收入賀年、初雪、花紙兒、弟弟的新大衣、初步、餵食、兒童節前後、踏青、遠足、竹影、爸爸的扇子、嘗試、珍珠米、媽媽洗浴、洋蠟燭油、新同學、葡萄、九一八之夜、展覽會、落葉、二漁夫、壁畫、寄寒衣、援綏遊藝會。
貓叫一聲（兒童故事）	一九四七年九月	上海萬葉書店	
小鈔票歷險記（兒童故事）	一九四七年十月	上海萬葉書局	此篇《豐子愷文集》未收。
博士見鬼（童話）	一九四八年二月	上海兒童書局	收博士見鬼、伍圓的話、一簣之功、油缽、明心國、生死關頭、夏天的一個下午、種蘭不種艾、有情

			世界、賭的故事、大人國、續大人國等十二篇，並有代序。又《豐子愷文集》中《博士見鬼》則收〈赤心國〉，以代替原來的〈明心國〉。
豐子愷故事	一九八六年七月	香港山邊社	書分上下兩卷。上卷即《博士見鬼》一書，其中〈大人國〉、〈續大人國〉合稱爲〈大人國〉，上卷合計十一篇。下卷爲《爲了要光明》，計收爲了要光明、新年的話、鬥火車龍頭、毛廁救命、獵熊、姚晏大醫生、騙子、銀窖等八篇。其中除豐子愷《博士見鬼》原代序〈吃糕的話〉外，並有豐宛音、豐一吟的序，及孫滌靈的代後記。
有情世界	一九九一年三月	法喜出版社	本書計收：有情世界、種蘭不種艾、明心國、生死關頭、夏天的一

個下午、大人國、博士見鬼、伍圓的話、油缽、賭的故事、赤心國等十一篇兒童文學創作，並有法師的解說。

又楊牧編《豐子愷文選》（洪範版）四冊中，前三冊中已收錄《博士見鬼》集中全部的十二篇，第四冊中又收錄〈赤心國〉一文，它是與〈明心國〉同一題材的作品，內容大同小異。《文集》中則以〈赤心國〉代替原來的〈明心國〉。

總結以上所述，豐子愷的兒童文學故事體創作，其間童年文言寓言四則，述譯幼兒的故事、音樂故事、少年美術故事不計。並以《豐子愷故事集》一書爲主，《豐子愷故事集》計分上下兩卷，上卷印《博士見鬼》，有十一篇。下篇即《爲了要光明》，有七篇（〈新年的話〉一文不計）。外加〈小鈔票歷險記〉、〈新枚的故事〉、〈貓叫一聲〉、〈三層樓〉、〈赤心國〉等五篇，總計爲二十三篇。這二十三篇便是本文所稱之爲豐氏兒童文學作品者。

一般豐氏稱自己兒童文學作品爲故事。而豐華瞻、殷琦編《豐子愷研究資料》，除〈新枚的故事〉一篇稱爲「兒童故事」外，皆稱之爲童話。其實，不只豐華瞻、殷琦認定爲童話，或許應該說許多人皆如此認定。只是我們眞不知道豐氏是如何的認定？豐氏於〈教師日記〉云：

> 得浙大師院主任孟憲成君信，相邀早行，並言囑任藝術教育、藝術欣賞及兒童文學三種課，但可由我選其二種。我今日擬電報去覆，云願任前二種，共五小時，並云即日啟程。（見《文集》冊七，頁98）

豐氏未接兒童文學，不知其意何在？

第肆章

豐子愷童話作品的特色

本文擬從創作動機、作品的評價、作品的特色等方面入手，試分述如下：

第一節　創作的動機

豐子愷兒童文學創作的動機何在？雖然不易了解。但我們卻相信他是有意識地爲兒童所寫。而使他眞正有意識地爲兒童而提筆的機緣，或許是他參加了編輯開明書店兒童刊物《新少年》和《中學生》雜誌以後。開明書店創辦人章錫琛是豐子愷的摯友，總編輯夏丏尊又是他的老師。豐子愷的第一本畫集《子愷漫畫》於一九二五年十二月由文學周報社出版後，一九二六年一月即以開明書店的名義作爲初版繼續問世。開明書店正式成立於一九二六年八月，是繼商務、中華、世界之後的新起出版單位。自此以後，豐氏的不少音樂、美術論著和散文集相繼由開明出版，同時他還爲開明書店的很多書籍作插圖，繪製封面，特別是教科書，豐氏參與編、寫、畫的都有。

一九三〇年一月，開明書店創辦《中學生》雜誌，章錫琛、夏丏尊、顧均正、豐子愷都是該雜誌的編輯。後來豐氏雖然離開了開明，仍擔任《中學生》的特約撰稿人，爲該雜誌寫了不少文章。一九三六年開明十周年紀念時創刊《新少年》雜誌，社長是夏丏尊。豐氏又與葉聖陶、顧均正、宋易一同擔任編輯，並經常撰稿。

我們可以說豐氏爲了辦好這兩個刊物，爲兒童提供有益的精神食糧，豐氏開始積極地爲這兩個雜誌撰寫文章，他一向重視美育，他把自己在音樂、美術方面豐富的知識寫成許多通俗易懂的小故事和隨筆，分別刊登在《新少年》和《中學生》雜誌上。豐氏爲《中學生》寫的稿子，一篇篇都是經葉聖陶親自校讀過的。一般說來，豐氏還根據兩個刊物不同對象的年齡特點，注意文章的深淺適度，使小讀者容易接受。

在《新少年》上豐氏還發表過一篇中篇童話〈小鈔票歷險記〉，作者並配之以漫畫，分三期連載在第一卷一至三期上，時間是一九三六年一月～二月。這是豐氏最早的創作童話。它通過一張一角小鈔票幾經周折又回到原主人手中的不平凡經歷，展示了舊中國最底層人民的生活狀況，揭示了勞動人民和他們的子女爲貧困、饑餓而掙扎的社會現實，暴露了舊中國的黑暗。在藝術上，作者將童話與現實融爲一體。既注意了童話的物性，又確切地表現了現實生活，儘管不免帶有中國現代童話初創時期的粗糙，但卻爲他四十年代創作較成功的童話、故事奠定了基礎。

豐氏的童話、故事創作，發表時間是集中於一九四八、一九四九兩年。而故事的來源，或緣於親子時間講給子女聽的。山邊社《豐子愷故事集》裡，豐宛音、豐一吟的序文中皆有所說明。

豐氏喜歡講故事給孩子聽，豐宛音〈序〉云：

這本書裡的故事，極大部分是我父親在抗戰時期講給我們聽的。那時我們才十多歲。侵略者的炮火逼使我們背井離鄉，到處流浪，受盡了苦難。但父親始終堅信最後勝利一定屬於我們。

他素性樂觀開朗，一路上仍然和戰前家居時那樣，經常給我們講故事。很多故事是逃難途中在舟車旅舍間講的。到內地後，暫得定居，父親雖然整天忙於文藝抗宣工作，但有空仍然經常給我們講故事，還要我們聽過後記下來，作為寫作練習。（見《豐子愷故事集》）

講故事大體上是周末晚上舉行，豐一吟稱之爲「茶話會」，也稱之「和閒會」、「慈賢會」。豐一吟於〈父親和我們同在〉裡說：

山邊社給我寄來兒童故事《豐子愷故事集》一書的清樣。我重讀這些故事，頓感時光倒流。我依稀記得，其中一部分故事，正是父親在我家的周末晚會上講給我們聽的。抗戰時期我家逃難到大後方，由於一路不斷遷徙，我們兄弟姐妹的求學發生困難，父親便用種種方法給我們補充教育。其中之一便是在周末為我們舉行茶話會。從城裡買來五元錢的零食，我們團團地圍坐在父親身旁，邊吃邊聽他講話。過後我們必須把這些講話按他要求用作文的形式記述下來交他修改。他稱這些晚會為「和閒會」。按我們家鄉話，「和閒」與「五元」的音近似。由於物價飛漲，不久，「和閒會」改名為「慈賢會」，（「慈賢」與「十元」的音近似）。部分兒童故事，我們正是在這些會上聽到的。（同上）

有關講故事，陳星於《閒話豐子愷》一書裡亦有〈豐子愷的家庭故事會〉一文，其文云：

四十年代末，豐子愷寫下了眾多的兒童文學作品。這些深受小朋友喜愛的作品，都來自他「主辦」的家庭故事會。

抗日戰爭爆發後，豐子愷率全家到了內地。由於戰爭，孩子們的讀書求學發生了困難，於是豐先生設法替孩子們補充教育內容，其中就包括生動活潑的家庭故事會。每到周末，豐子愷就從城裡買回伍元零食，然後把孩子們召集到一起。子女們圍坐在父親身邊，邊吃東西邊聽他講兒童故事，講完後，豐子愷還要求孩子們用筆記下這些故事，寫成文章，由他親自修改。這樣的故事會開多了，子女們便從中得到了莫大的助益，不但增長了知識，還培養了創作能力。

豐子愷對於兒童故事有自己的見解，他認為兒童故事應該像茯苓糕，「一篇故事，背後藏著一個教訓」。因為茯苓糕就是這樣，吃起來可口，而且營養豐富。

抗戰勝利後，豐子愷搬到杭州住。為了讓更多的孩子都能聽到他講故事，他將這些故事寫了出來，發表在《兒童故事》雜誌上，這就產生了像〈油缽〉、〈明心國〉、〈有情世界〉、〈騙子〉、〈夏天的一個下午〉等等，趣味生動又志趣高雅的兒童文學作品。（見世界文物版，頁163～164）

豐氏文集少見有關說故事的記載，其中〈幼兒故事〉一文（詳見冊五，頁43

～59）頗可參考。又《兒童的年齡性質與玩具》譯者序言——〈兒童苦〉（冊五，頁37～39）、〈閑〉（冊五，頁426～436）皆論兒童與遊戲，多少亦可見與說故事的關係。

當然，有關豐氏爲兒童寫作故事、童話的緣由，最重要的文獻是《博士見鬼》代序——〈吃糕的話〉。其原文如下：

我小時候要吃糕，母親不買別的糕，專買茯苓糕給我吃。很甜、很香，很好吃。後來我年稍長，方才知道母親專買茯苓糕給我吃的用意：原來這種糕裡放著茯苓。茯苓是一種藥，吃了可以使人身體健康而長壽的。

後來我年紀大了，口不饞了，茯苓糕不吃了；但我作畫作文，常拿茯苓糕做榜樣。茯苓糕不但甜美，又有滋補作用，能使身體健康。畫與文，最好也不但形式美麗，又有教育作用，能使精神健康。數十年來，我的作畫作文，常以茯苓糕為標準。

這冊子裡的十二篇故事，原是對小朋友們的笑話閒談。但笑話閒談，我也不歡喜光是笑笑而沒有意義。所以其中有幾篇，仍是茯苓糕式的：一篇故事，背後藏著一個教訓。這點，希望讀者都樂於接受，如同我小時愛

吃茯苓糕一樣。（見山邊社《豐子愷故事集》）

其次，則是〈新枚的故事〉的第一段，其文云：

> 我家有一個七歲而未曾上學的男孩子，叫新枚。新枚是抗戰第二年在林出世的。流亡中為防空襲，常住鄉下，因此沒有送他上學；但由他的姑母及兄姊們自己教教。他每天學習不過二三小時，餘多的時間是玩。玩得膩了，就要我講一隻故事。這已成了習慣。我肚裡的故事講完了，就自己編造。興之所至，信口亂造，講完就算，從來不曾記錄。今天又講一隻。偶然高興，把它記錄在下面：（見三十五年十一月《文藝春秋》月刊第三卷第五期，頁122）

又豐氏兒童故事、童話創作之素材，其可見文集中者列表如下：

作品	文集篇名	冊數	頁數
伍圓的話	相盧負暄	六	四

夏天的一個下午	兒女	五	一一三~一一四
種蘭不種艾	辭緣緣堂	六	一二八~一二九
獵熊	辭緣緣堂	六	一三〇
騙子	藝術家的孩子做騙子	五	七十四~七十六

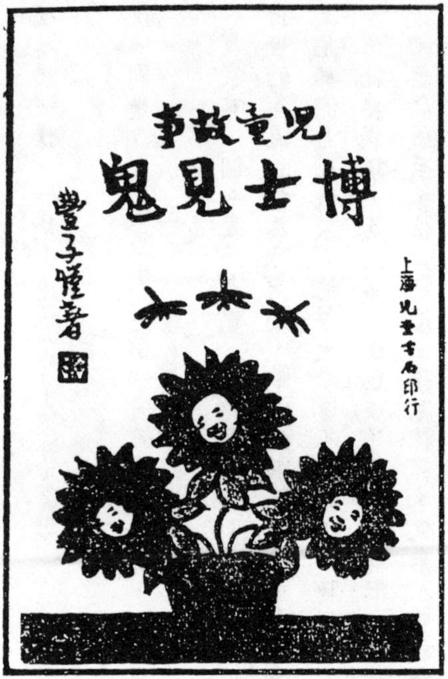

第二節　作品的特色

《童話辭典》一書，對豐子愷的兒童文學創作有比較詳細的說明：

豐子愷的兒童文學創作大致可以分為兩部分，一部分是寫兒童的，也就是以兒童為主人公，抒發對孩子的深情厚愛，對世態人情的感觸。這類作品描述對象雖然是兒童，有的還純粹以兒童的口吻來描述，然而作品所表達的感情仍然是成人的，這些作品大都寫於三十年代，見於作者的各個散文集。在這類作品中，給終貫穿著「愛」這一主題，情真意切，令人陶醉，而且將兒童生活細膩而真實地描繪出來，充滿兒童情趣。豐子愷的另一部分作品是完全為兒童創作的，包括童話、故事、音樂、美術知識趣談等。童話、故事大都寫於四十年代。從結構的處理和情節的安排看，豐子愷這一時期的童話明顯的受到佛教文學的影響，然而他也開始注重中國民間文學的特色，從中汲取有益的養分，使他的童話故事開始具有了民族的風格，清新、洗煉、意境優美灑脫。有些童話故事的描述還直接吸取了民間童話的格局，如〈一簣之功〉、〈騙子〉的開頭，〈油缽〉、〈為了光明〉的故事展開等，都與民間童話的形式極其相似。他的童話作品喜歡通過誇張的心理，逐層展開故事，他的目的是使美好的更見美好，醜惡的更見醜惡，以便使小讀者在思想上得到更多的啟發。〈油缽〉一篇塑造了一個性格堅毅的勝利者的形象，一個小官在接受國王考驗時表現出堅定的意志和頑強的毅力，含義深刻。從思考人生出發，他在自己的作品中向兒童逐漸闡明了一點人生哲學，讓孩子們在思索中認清這個社會的真相。這種闡述被安排在故事情節、人物活動中，寫得樸實易懂。作者神往於崇高的精神境界，抗戰後窒息的生活壓迫著他，他夢想真能出現一個光明的世界，於是創作了〈明心國〉、〈大人國〉等作品，塑造出理想的社會，同時諷刺了國民黨政府統治下的社會現狀。豐子愷在音樂美術上的造詣，使他獨具一格的漫畫風格，逐漸在兒童文學創作中顯露出與眾不同的特色。音樂優美的旋律、明快的節奏、美術柔和的色彩、清晰的線條幫助了他，使他的童話和故事的意境也十分優美和諧，充滿了詩情畫意和豐富的想像力。漫畫藝術的誇張、諷刺和幽默也增添了他作品的情趣性。例如〈有情世界〉充滿豐富的想像力和優美的童話境界。〈伍圓的話〉漫畫藝術的幽默諷刺得到了生動的再

現。（頁74）

抗戰爆發後，豐氏經歷了十年顛沛流離的生活，耳聞目睹了許多社會現實。一個有良心的藝術家是決不會袖手旁觀的，何況豐氏的藝術觀點本來就是「爲人生而藝術」，所以豐氏捕捉兒童生活中富有情趣的片斷，來展現兒童生活的世界；他也從現實社會生活中捕捉童話的題材；並以民間故事的方式來記述奇聞軼事、異國奇民。因此，金燕玉《中國童話史》裡說：

豐子愷的童話篇篇皆有特色，篇篇皆有內涵，質樸、真誠、有情有趣。（頁371）

又蔣風主編《中國現代兒童文學史》一書中，認爲豐氏在十年流離之後，他的兒童文學創作有了明顯的變化；他補述《童話辭典》的說明，認爲豐氏創作還具體表現在以下幾個方面：

一、創作對象更明確了，完全是有意識地為兒童所寫，作品的創作性加強了。

二、作品的積極意義明顯增強了。

……

總之，豐子愷這一時期的童話、故事在內容上有了很大的更新，格調更明朗，藝術上也逐漸趨向成熟，標誌著豐子愷兒童文學創作進入了一個新的階段。（以上詳見頁281～284）

又楊牧於〈豐子愷禮讚〉一文裡說：

這份赤子之心，表現得更直接的當然就是他的童話。童話集《博士見鬼》出版於一九四八年，收了十二篇「茯苓糕式」的故事：「一隻故事，背後藏著一個教訓」。豐子愷有一種自然溫存的語氣，帶著同情心和幽默感，十二篇故事無一不可一讀再讀，不但兒童可讀，成年人也可讀。例如《明心國》就具有《鏡花緣》和史威夫特《格列佛遊記》（Jonathan Swift：*Gulliver's Travels*）的許多層面。我們若將豐子愷的童話和葉紹鈞的《稻草人》拿來比較，就難免覺得前者的坦蕩樂觀，終於才是我們生命的追求和嚮往；而葉紹鈞的苦心用力，往往使我們覺得委頓和困厄。童話是否必須像《稻草人》這樣挾帶如此鉅大的委厄，筆下是否必須如此尖銳，到底還是一個值得探討的問題。豐子愷童話作品中有一篇題曰〈有情世界〉。正因為這世界處處有情，於兒童如此，於成人如此，我們才有他寫蜜蜂、鵝、貓，乃至於楊柳的小品文章。在他的筆意下，昆蟲和小禽獸，甚至草木花卉都是宇宙性命的靈動，生死成長，與時間空間密切配合，融化在愛和同情之中。（見《豐子愷文選》，頁7～8）

總結以上各家的說法，個人認爲豐氏兒童文學作品的特色是：篇篇皆有內涵，質樸、眞誠、有情有趣。

引申的說，豐氏雖然是身處亂世，但由於他秉賦不凡，又在一個傳統的藝術文學環境中成長受教育，師友的啓迪昭然彰著，且其思想根植於佛家，是以一生保有無限的愛心和同情。因此作品中雖有强烈的現實性，但皆以指向人生社會的同情和諒解，以赤子之心固定地支持著他的想像力和認識。他思考宇宙的奧祕、生命的本質、生活的趣味、社會的心理；他在兒童的世界裡尋找哲學和美，在藝術的鼓吹裡肯定人心的光明，提升精神的力量，爲中國現代社會描繪祥和與智慧的遠景。又由於他能從中國民間文學中汲取有益的養分，是以作品具有民族的風格。

第伍章 豐子愷在兒童文學史上的地位

本章擬從童話發展史上來論定豐氏在兒童文學史上的成就與地位。而現代童話的完成者是葉紹鈞與《稻草人》，因此，本文首先討論葉氏與《稻草人》在童話上的成就，以做爲立論的依據。

第一節　葉紹鈞和《稻草人》

葉紹鈞，原名秉臣，一九一一年改字爲聖陶。是我國現代文學史上成績突出的作家之一，並且是我國從事童話創作最早的作家之一。他是我國童話這一文學體裁的開路先鋒。魯迅對他這方面的成就，給予高度的評價。說他「給中國的童話開了一條自己創作的路」（〈《表》譯者的話〉）。從《稻草人》開始，中國才有了眞正的現代創作童話。《稻草人》以其高度的思想藝術成就爲葉氏贏得了現代創作童話奠基者的地位。葉氏的童話既不同於以改寫爲主的茅盾童話，也不同於以譯述爲主的鄭振鐸童話，而全系作家獨創。從此，中國童話不僅結束了附麗於其他體裁而存在的時代，而且結束模仿、改編外國童話的時代。《稻草人》完全是中國式的童話，具有時代的特徵和民族的特性。《稻草人》開創了自覺地爲少年、兒童創作童話的時代，開創了從中國的自然鄉土和社會現實創作童話的時代，是中國現代童話的起點、標誌和典範。葉氏在童話上的成就，金梅於《論葉聖陶的文學創作》一書裡說：

葉聖陶童話創作在中國兒童文學史上的地位和意義，還表現在：無論從內容到形式，都是很有獨創性的。他的作品，確實受到過西方童話作家安徒生、王爾德、格林兄弟、愛羅先珂等人的影響。但他的作品，與西方童話作品中流行的天鵝型、灰狼型、大拇指型、睡美人型等模式不同，他是依據中國現實生活中的人和事選取題材和編織故事的。他作品中的人物形象，不是常見於西方童話中的國王、王后、公主、巨人、美人魚、神巫和妖魔，而是現實生活中的活生生的、看得見摸得著的人物，或由擬人化了的動植物所代表的人物。他作品中的主要情節，也不是西方童話中的那種勇士奇遇或公主施善等一類老套，而是曲折地反映了中國現實生活的故事。（見一九八五年四月上海文藝出版社本，頁119～120）

葉氏開始童話創作，並不是偶然，金梅的看法是這樣：

葉聖陶的第一篇童話作品〈小白船〉，寫於一九二一年十一月間。從此以後，他一發而不止，往往一天就寫一篇。僅僅在半年時間中，就寫出了二十三篇，結集成《稻草人》出版。

從創作速度的如此之快和相當的藝術質量來看，葉聖陶的開始童話創作，決不是偶然的。他在開始寫作第一篇童話之前，有過長期的醞釀和謀畫。這可以從兩方面來說明：十年清貧的小學教師的生活，不僅使他熟悉了兒童的心理、習性、幻想，為以後的童話創作打下了厚實的基礎；更重要的是，使他看到了下層人民的勞苦生活，較深切地體察了他們的辛酸。這就為他以後的童話創作，積累了豐富的素材，獲得了作品的靈魂——思想性的依據。葉聖陶作為文學研究會的發起人之一，他的創作，始終是「為人生」的。在他的作品中，「有一個一致的普遍的傾向，就是對於黑暗勢力的反抗」。作為葉聖陶全部創作的一部分的童話作品，其思想傾向也是如此。這是一方面。另一方面，葉聖陶讀過許多外國作品，受到安徒生、王爾德等傑出的童話作家的一定的影響，這就使他熟悉了、愛上了童話這種文學形式，從而開始了自己的創作實踐。而《稻草人》的出版，則給葉聖陶帶來了文學上的更多的聲譽。（同上，頁120）

其實，葉氏在〈我和兒童文學〉一文裡，亦曾述及童話創作與《稻草人》有關的問題，其文有云：

我寫童話，當然是受了西方的影響。五四前後，格林、安徒生、王爾德的童話陸續介紹過來了。我是個小學教員，對這種適宜給兒童閱讀的文學形式當然會注意，於是有了自己來試一試的想頭。還有個促使我試一試的人，就是鄭振鐸先生，他主編《兒童世界》，要我供給稿子。《兒童世界》每個星期出一期，他拉稿拉得勤，我也就寫得勤了。

這股寫童話的勁頭只持續了半年多，到第二年六月寫完了那篇〈稻草人〉為止。為什麼停下來了，現在說不出，恐怕當時也未必說得出。會不會因為鄭先生不編《兒童世界》了？有這個可能，要查史料才能肯定。從〈小白船〉到〈稻草人〉，一共二十三篇童話編成一本集子，就用《稻草人》作書名，在一九二三年十一月出版，列入《文學研究會叢書》，因為我是文學研究會的會員。

《稻草人》這本集子中的二十三篇童話，前後不大一致，當時自己並不覺得，只在有點兒什麼感觸，認為可以寫成童話的時候，就把它寫了出來。我只管這樣一篇接一篇地寫，有的朋友卻來提醒我了，說我一連有好些篇，寫的都是實際的社會生活，越來越不像童話了，那麼淒淒慘慘的，離開美麗的童話境界太遠了。經朋友一說，我自己也覺察到了。但是有什麼辦法呢？生活在那個時代，我感受到的就是這些嘛。所以編成集子的時候，我還是把〈稻草人〉這個篇名作為集子的名稱。（見《葉聖陶和兒童文學》，頁1~2）

有關《稻草人》一書前後不大一致的事，鄭振鐸在〈《稻草人》序〉一文裡有說明，他認爲葉氏《稻草人》一書的童話，可分成三類，試列表如下：

第一類作品	第二類作品	第三類作品
小白船	一粒種子	玫瑰和金魚
傻子	畫眉鳥	花園之外
燕子	地球	祥哥的胡琴
芳新的衣	大喉嚨	瞎子和聾子
兒的夢	旅行家	克宜的經歷

梧桐子	富翁 鯉魚的遇險 眼淚	跛乞丐 快樂的人 小黃貓的戀愛故事 稻草人

申言之，葉氏第一類作品主要採用的是浪漫主義的手法，以寄託美好的理想。葉氏夢想著一個美麗的童話般的人生，一個兒童的快樂的天國。正如鄭振鐸在《稻草人》序言中所說的「葉聖陶努力想把自己沈浸在孩提的夢境裡，又想把這種美麗的夢境表現在紙面。」這是《稻草人》中的第一類作品。然而，這種美好的理想，由於缺乏現實的依據，畢竟顯得虛無縹緲，不著邊際。

在第二類作品中，他把自己的注意力，從幻想的天國轉向了嚴峻的現實，因而已開始採用著現實主義的手法。在第二類作品中，開始隱藏進了一些所謂「悲哀」的分子，提出了一些嚴肅的社會問題。但是這些作品仍然只能說是過渡期中的作品；因爲在揭露現實時，表現得還不夠深切，並且常常有這樣的情況：用只能在夢想的天國裡才有的幻景，去充當現實中還不可能出現的美滿結局。

在第三類作品，他主要採用的，則是現實主義的創作手法了。其中所包含的理想，比較實際了。那些理想，正是由殘酷的現實所激發，所以不再只是憑空的想像了。

從現代童話創作發展的歷史考察，王泉根於《中國現代兒童文學史》一書裡，認爲葉氏童話取得了多方面的成就：

第一、直面人生，擴大題材，把現實世界引進童話創作的領域。

第二、著眼兒童，注重兒童情趣，不斷探索和完善童話創作的藝術形式，這是葉聖陶對發展現代童話創作又一方面的重要貢獻。

第三、鮮明濃郁的中國風格與中國氣派，這是葉聖陶童話又一方面的重要特色，也是他對發展現代童話創作的又一重要貢獻。（詳見蔣風主編河北少年兒童出版社本，頁68～77）

王氏從思想內容、藝術形式與民族風格等三方面論述了葉氏童話的特色與成就。我們可以看出，中國的藝術童話經過茅盾的開創、鄭振鐸的培植，到了葉氏手上，已經完全跳出了外國童話的窠臼，創造出了具有中國作風與中國氣派的新童話。現實主義的表現手法，爐火純青的藝術形式、鮮明濃郁的民族特色，這三者的有機結合，使葉氏童話達到了成熟的境地，開創了中國童話創作的新局面。因此，王泉根認爲：魯迅稱《稻草人》是「給中國的童話開了一條自己創作的路」的這一贊語，應該包容了三種含義：

第一，葉聖陶的童話是真正意義上的作家創作的藝術童話。

第二，葉聖陶的童話為中國現代童話創作奠定了基礎，提供了新鮮經驗。

第三，也是最重要的——葉聖陶童話開闢了中國童話創作的現實主義道路。（同上，頁78）

第二節　豐氏作品的內容分析

豐氏在《博士見鬼》的代序裡說：「這册子裡的十二篇故事，原是對小朋友的笑話閒談。但笑話閒談，我也不歡喜光是笑笑而沒有意義。所以其中有幾篇，仍是茯苓糕式的：一篇故事，背後藏著一個教訓。這點，希望讀者都樂於接受，如同我小時愛吃茯苓糕一樣。」基本上我們相信豐氏作品的教育性。首先，我們擬將豐氏作品逐篇就內容、篇旨、結局分析如下：

篇名	內容	篇旨	結局
博士見鬼	鬼故事	破除迷信。凡事不要光看表面現象，妄加輕信，須深入調查，才不致上當。	死兩位女性。
伍圓的話	一張伍圓的紙幣自述其經歷	批評現狀，反映了物價飛漲下人們艱難的生活	如今得到這樣的一個養老所，也聊可自慰。但

		情狀。	望我們宗族復興起來，大家努力自愛，提高身價，那時我就恢復一擔白米的身價了。
一簣之功	「善有善報」的現代新解	人類文明的進步，全靠科學，全靠毅力。	掘井成功。
油缽	挑選宰相的故事	專心致志，堅定不移的人，必定是賢能之人。	由小官出任丞相。
明心國	音樂教師的奇遇	嚮往一個光明理想的社會，兼含對現狀的批判。	《明心國》的野人把一個「萬物之靈」驅逐出境……。到了最近他家鄉的一個城市的時候，他們送他上岸，逕自開走了。

生死關頭	救母心切，冒險取〈神鴉的蛋〉的故事	果敢力、聰明與深摯的愛。	取得神蛋。
夏天的一個下午	笑談閒話的遊戲故事	介紹民間風俗與興趣，以啓發兒童思考。	悶熱的一個下午，就在笑聲中爽快的過去了。這天晚上，三個孩子又從這骰子遊戲中想出另一種新的遊戲。這新的遊戲是怎樣的？以後有機會再講吧！
種蘭不種艾	笑談閒話的遊戲故事	介紹語文遊戲，以啓發兒童思考。	你要吃肉，不要吃糯米，明天我澆一大碗肉給你吃。
有情世界	詩人酒後的天眞和赤子夢中的童心，交織	作者利用音樂的旋律、想像，圖畫的色彩、層次，使這個美麗的世界	泥娃娃笑嘻嘻地站在他的枕頭旁邊，等候他起來同她玩呢。

	成一片有情的天地	充滿了詩情畫意，表達了作者對美好理想的追求。	
賭的故事	一個離奇的賭博故事	戒賭。	但見主人躺在榻上，一動不動，手足冰冷，早已氣絕了！
大人國	作者遊大人國的所見所聞	作者塑造一個理想的社會。諷刺當時的中國社會，並寓「知足常樂。」	到底是中國！
爲了要光明	一個呆子的故事	不能只顧眼前的需要，不追究根本的意義。	說過，就回家去找柴刀。
鬥火車龍頭	火車龍頭相鬥的故事	挖空了心思而想出來的玩意兒，既有創意又實用。	去造四個新的火車龍頭。

毛廁救命	巧合有趣的故事	一個人的生死，都操在「命運之神」手裡。「命運之神」就是老天呀！	老天救命。
獵熊	父子狩獵的故事	歌誦母愛，並戒殺生。	帶回小熊撫養，並把獵槍折斷，從此不再打獵。
姚晏大醫師	現代騙子的故事	天下本無事，庸人自擾之。	許多孩子冤枉生病；許多家長冤枉操心，又冤枉花錢。
騙子	現代騙子故事又一則	人心叵測，並戒附庸風雅。	富翁確信是眞筆，心中很高興了。
銀窖	守財奴的故事	戒吝嗇、守財。	銀窖讓拾荒的貧民無意中發掘出來，而給他們受用。

貓叫一聲	輾轉相生的因果故事	無數的原因，造成無數的結果。人世間的事何等奇妙啊！	大功告成。
三層樓	一個不合理分配的故事	普羅大衆，同心齊力除舊佈新，重建新秩序。	從此十家一樣舒服了。
赤心國	一位軍官的奇遇	嚮往一個理想的國家，兼含對現狀的批判。	他不同人爭辯，逕自努力考慮改良的辦法，他現在還努力考慮著。
小鈔票歷險記	一角鈔票幾經周折，又回到原主人手中。	顯露舊中國社會的黑暗。	就用圖釘把我釘在他書室的牆上，他的圖案原稿的旁邊。我的殘軀總算得了休養之所。
新枚的故事	流氓欺侮老弱。	物極必反。	老人只要自愛，未必不能比壯年人更强。

就內容與篇旨而言，作品的現實性非常强烈，且深刻地觸及了時弊，並表

明了作者鮮明的思想傾向。但由於豐氏一生信佛，其信念在於啓示人們愛護生命，並培養愛心，所以豐氏的作品內容不似葉聖陶的尖銳。我們可以說豐氏坦蕩樂觀，是以作品中有追求、有嚮往。或許我們可以將豐氏作品分爲三類，其分類如下：

批評現狀	笑話閒談	教育性
伍圓的話	夏天的一個下午	博士見鬼
明心國	種蘭不種艾	一簣之功
有情世界	爲了要光明	油缽
大人國	鬥火車龍頭	生死關頭
赤心國	毛廁救命	賭的故事
三層樓	貓叫一聲	獵熊
小鈔票歷險記		姚晏大醫師
新枚的故事		騙子
		銀窖

第一類稱之爲批評現狀者，實際上描寫的是理想的社會，是追求，也是嚮

往，這是豐氏作品中眞正屬於童話者，童話沾染現實，是當時的風尚與趨勢。其中〈有情世界〉，類似葉氏第一類的作品，而〈三層樓〉，則有葉氏第三類作品的風格。〈三層樓〉是豐氏作品中的異數，有强烈的馬克思主義的傾向。其間〈新枚的故事〉，是以說故事的方式，直接批評現狀。且其思想有異於共產思想，所以不見存於文集中。

第二類是笑談閒話的作品，其中有遊戲故事、滑稽故事、驚奇故事。這類作品主要是以娛樂傾向爲主，這是豐氏作品中比較有特色者。豐氏從思考人生出發，在作品中逐漸向兒童闡明了一點人生哲學，讓孩子們在思索中認清這個社會眞相。他的闡述並非深奧難懂，而是巧妙地安排在故事情節、人物活動中，寫得樸實易懂，孩子們在讀了之後便能得到某種啓示。如〈爲了光明〉寫一個名叫萬夫的人，爲了尋求光明，想把鎖著的窗戶打開。於是圍繞著尋找鑰匙展開了一系列生動有趣的情節，步步引導讀者深入情節之中。作品充滿了邏輯推理的趣味，說明了事物的發展變化。這一環套一環的故事情節十分吸引小孩子，同時也使他們看到了客觀事物是在不斷發展變化著的。這個故事本質上是屬於滑稽故事，也是呆子的故事，民間故事的味道很濃，我們可以稱之民間童話。又如〈夏天的一個下午〉、〈種蘭不種艾〉則是直接描寫兒童生活的。前者以夏天的一個下午爲背景，寫了孩子們有趣的娛樂生活。後者則從芳香的蘭草旁長出了醜惡的艾草這種植物世界的自然現象，引出了一羣小孩子的有趣的爭論。作者寓意是：世間也有許多事同艾草一樣複雜難辨。在平凡的事物中寫出生活的哲理，以給小讀者一點有益的啓示。

第三類作品是有教育性的。這類作品比較具有家庭故事會的意義，亦即是比較具有教育性與改造現實的功能。因爲它是說故事，所以民間故事的味道很重。

王泉根於《中國現代兒童文學史》中，從思想內容論述葉聖陶在童話的特色與成就是在於「直面人生，擴大題材，把現實世界引進童話創作的領域。」（頁68）王氏認爲葉氏作品「從夢幻的世界走向現實的人生，把血淚的現實告訴應當知道現實的孩子們——這就是葉聖陶童話創作思想的發展線索。」（同上，頁71）

正是這一轉變，不僅加深了葉氏作品的思想意義和持久的生命力，而且對促進中國現代童話創作產生了兩項特別深刻的推動作用：

首先，由於從夢幻走向現實，這就使童話的人物形象發生了根本性變

化。其次，由於從夢幻走向現實。從而擴大了童話的題材範圍，使人間百態進入了作家的創作視野。（同上，頁71）

這種所謂從夢幻走向現實，其實就是走向現實主義道路。這一方面是由於「爲人生而藝術」的文藝思想促使他去正視現實，幫助他敏銳地發現和分析複雜的社會現象；另一方面也是人道主義思想使他以關切的目光注視著人民的不幸與苦難，傾注自己深切同情。葉氏認爲，他寫的《稻草人》正是一個富有同情心，卻又沒有力量、沒有辦法可以改變環境、幫助別人的人，是舊中國有良心的知識分子的典型，他是不自覺地寫出了舊社會知識分子的苦惱。隨著葉氏思想的不斷飛躍，他後期的童話與整個創作一樣，批判力量和革命因素大大增强，現實主義特徵也隨之不斷加深並日趨穩定了。相對於豐氏，則缺少對殘酷現實的批判。豐氏除了敏感和想像之外，還保有一份可貴的赤子之心。而這份赤子之心，表現得更直接的當然就是他的童話。楊牧於〈豐子愷禮讚〉一文裡，曾對豐氏、葉氏二人童話有所比較與說明：

> 我們若將豐子愷的童話和葉紹鈞的《稻草人》拿來比較，就難免覺得前

者的坦蕩樂觀，終於才是我們生命的追求和嚮往；而葉紹鈞的苦心用力，往往使我們覺得委頓和困厄。童話是否必須像《稻草人》這樣挾帶如此鉅大的委厄，筆下是否必須如此尖銳，到底還是一個值得探討的問題。豐子愷童話作品中有一篇題曰〈有情世界〉。正因為這世界處處有情，於兒童如此，於成人如此，我們才有他寫蜜蜂、鵝、貓，乃至於楊柳的小品文章。在他的筆意下，昆蟲和小禽獸，甚至草木花卉都是宇宙性命的靈動，生死成長，與時間空間密配合，融化在愛和同情之中。（見《豐子愷文選》，頁7～8）

雖然，豐氏作品對殘酷現實的批評或許不足，但是它的題材皆來自生活與現實。豐氏的作品既不同於以改寫為主的茅盾童話，也不同於以譯述為主的鄭振鐸童話。其間，除〈伍圓的話〉、〈有情世界〉、〈三層樓〉外，皆有濃厚的民間故事的味道。一般說來，「現代童話」共同的性質有：

1. 個人的創作。
2. 重視創意的想像。

3.角色選擇的無限自由。
4.洋溢著善良的人性。
5.具有兒童所能感受的趣味。(見《東師語文學刊》第三期林良〈談童話〉一文，頁201)

又就其特質而言，無論是古典童話、現代童話皆在於「幻想」(或想像)。申言之，童話是幻想的產物，它的根本特徵是表現超自然的力量，超人間的存在，可以不受現實性和可能性的規範。金燕玉把這種超自然的力量和超人間的存在稱爲「異常」的藝術要素。(見花城出版社《兒童文學初探》中〈童話三題〉，頁66～70)。

金氏認爲只要在環境背景、人物形象、故事情節中任何一個方面，或者兩方面，或者三個方面存在著這種異常性，就會構成童話。

童話的環境背景有三種：或是虛幻想像的奇境；或是現實生活的世界；或是幻想世界和現實世界和諧統一的境界。童話的人物形象亦有三種：第一種，超人形象；第二種，擬人形象；第三種是常人形象。人物、環境、故事這三者的協調問題始終是童話創作中的難題，而優秀的童話總是將人物和環境作巧妙的、合理的、和諧的組合，從而編織出奇異的圖景。以下試從異常性的觀點，列表分析豐氏作品：

篇名	環境背景			人物形象			故事情節
	虛幻的奇境	現實的世界	合諧的境界	超人形象	擬人形象	常人形象	
博士見鬼		V				V	故事性
伍圓的話		V			V		異常性
一簣之功		V				V	傳奇性
油缽		V				V	傳奇性
明心國	V					V	異常性
生死關頭		V				V	傳奇性
夏天的一個下午		V				V	趣味性
種蘭不種艾		V				V	趣味性
有情世界	V					V	異常性
賭的故事		V				V	故事性

大人國（		∨		∨			異常性
為了要光明		∨				∨	趣味性
鬥火車龍頭		∨				∨	故事性
毛廁救命		∨				∨	趣味性
獵熊		∨				∨	故事性
姚晏大醫師		∨				∨	傳奇性
騙子		∨				∨	故事性
銀窖		∨				∨	傳奇性
貓叫一聲		∨				∨	傳奇性
三層樓		∨				∨	趣味性
赤心國	∨					∨	異常性
小鈔票歷險記	∨				∨	∨	異常性
新枚的故事		∨				∨	故事性

就環境背景言，皆落實於現實的世界為主。

就人物形象言，亦除〈伍圓的話〉、〈小鈔票歷險記〉是擬人形象外，皆屬常人形象。其間〈大人國〉，由於其人、其社會狀態皆與我們相同，其異處是在「言行」，因此將其人物形象列爲超人形象。

又就其故事情節言，合乎異常性的童話實在不多。其作品雖屬創作，但故事情節頗有民間故事的味道。所謂故事性，亦即是指立足於現實生活中的眞實性而言，是指該篇有一個比較生動、曲折、完整的故事，能引起讀者的閱讀興趣。傳奇性，是指奇異的人物或奇異的事件而言，亦是指有傳說來源，或民間故事型式母題可言者；至於趣味性，則屬遊戲性或滑稽可笑者而言，這類故事雖然沒有奇特的人物和事件，沒有曲折的情節，卻能產生強烈的藝術魅力，同樣能給人留下難忘的印象，究其原因所在，是它具有濃厚的趣味性，基本上亦是屬於民間故事。

總之，豐氏作品就內容與題材而言，屬於童話者少，以故事者爲多，且皆有民間故事的風格。但在民間故事的傳承中，卻跳過幻想故事（或稱民間童話），而落實在生活故事、民間笑話與民間寓言裡，或許這是「爲人生而藝術」與時代趨勢使然。

第三節　豐氏作品的形式分析

本文所謂的形式分析，主要是以敍事學研究的理論爲據。敍事學研究可以有各種各樣的理論模式。本文所論以敍事時間、敍事觀點、敍事結構、敍事語式爲主。

首先，要說明的是「敍事」與「敍述」。簡單的說，敍述是一種行爲，指的是敍述主體採用語言這種特定的媒介來表達一些內容，當這種內容是一個故事時，便是「敍事」。換言之，敍事即「敍述」加「故事」。

其次，本文所指敍事時間，是指敍事在時間上所用的敍述方式而言。而敍事觀點是指敍事者同故事中人物事件的關係而言。觀點的決定，除敍事者的角度之外，並與故事中非情節因素有關。我們知道結構與情節不同。結構並不僅僅是情節的結構。結構大於情節。古典小說雖然都有情節，但也常常有一些非情節的因素。結構的任務除了對情節的因素進行組織安排外，還要對非情節的因素進行組織安排。古典小說的非情節因素通常有以下幾種：

一是入話、楔子或序言。

二是議論和旁白。

三是結語。（詳見賈文昭、徐召勛《中國古典小說藝術欣賞》，頁28～32）

非情節因素雖然不屬於故事情節的本體，卻是敘事觀點形成的主要因素。敘事結構，則著眼於作家創作時的結構意識，在事件、人物、背景三要素中選擇何者爲結構中心。至於敘事語式是指敘述者的語言表達方式。敘事語式主要有兩種：敘述和描寫。

試將前三者列表如下：

篇名	敘事時間	敘事觀點	序言	議論說明	結語	敘事結構
博士見鬼	連貫式	全知	∨			事件
伍圓的話	連貫式	第一人稱				人物
一簣之功	連貫式	全知	∨	∨	∨	事件
油缽	連貫式	全知	∨	∨	∨	人物

明心國	連貫式	全知	∨			環境
生死關頭	連貫式	全知	∨		∨	環境
夏天的一個下午	連貫式	全知	∨		∨	事件
種蘭不種艾	連貫式	全知				事件
有情世界	連貫式	全知				人物
賭的故事	連貫式	全知	∨	∨	∨	事件
大人國	連貫式	全知	∨			環境
爲了要光明	連貫式	全知		∨		人物
鬥火車龍頭	連貫式	全知	∨	∨	∨	事件
毛廁救命	連貫式	全知	∨	∨	∨	人物
獵熊	連貫式	全知		∨		事件
姚晏大醫師	連貫式	全知		∨		事件
騙子	連貫式	全知	∨		∨	事件
銀窖	連貫式	全知	∨	∨		事件
貓叫一聲	連貫式	全知		∨	∨	事件

三層樓	連貫式	全知		V		事件
赤心國	連貫式	全知	V			環境
小鈔票歷險記	連貫式	第一人稱	V			人物
新枚的故事	連貫式	全知	V	V	V	事件

陳平原在《中國小說敘事模式的轉變》一書裡，對我國敘事模式及其轉變有如下的說明：

> 總的來說，中國古代小說在敘事時間上基本採用連貫敘述，在敘事角度上基本採用全知視角，在敘事結構上基本以情節為結構中心。（見久大版，頁4）
>
> 在整個中國小說敘事模式的轉變中，敘事時間的轉變起步最早，敘事角度的轉變次之，敘事結構最為艱難；但從轉變的幅度看，敘事角度最大，敘事時間反而最小。（同上，頁8）

因此，從敘事模式來看，豐氏的作品實在很保守、傳統。就敘事時間言，其手法雖有連貫式（正敘或順敘）、倒敘、插敘、輪敘、追敘、補敘、夾敘之別，但豐氏作品皆以連貫式的順敘爲主。我們知道故事發生的時間和敘事的時間是有區別的。實際生活中故事發生的時間是立體的，許多有關聯的事件往往發生在同一時間。可是人們用話語敘述故事時，只能按一條直線排列，把一件一件的事敘述出來，所以敘述時間是一種線性時間。故事裡的人物和事件，已經被投射到一條直線上，和它的本來面貌有所不同了。時間的處理表現出技巧。但是連貫式的正敘是最原始的手法，雖然我們不能肯定故事的源起，但從推測、揣摩中追想到古代尚未有文字以前，老一輩的人，只靠口語把它表達出來使人（尤其是兒童）接受，其手法自然以連貫式的正敘最爲合適。正敘是按事件發生時間的先後來講述。這是便於聽，在古代的說書人，以這種敘述手法爲最基本最常用。人物的活動，事件的進行，矛盾的發生、解決等等，有條不紊地步步發展，特別好講好懂。

就敘事觀點言，豐氏作品要皆以全知觀點爲主。觀點，就字面義即從什麼角度觀看之謂。用於小說技巧，則有二義。一是「由誰來敘述故事」，通稱爲「敘事觀點」；另一義，則可稱之爲「見事觀點」，即小說的「本身世界」

中，人物的樣貌、場景的現況、人物的姓名、事件之發生……是通過什麼方式，而表現出來的。在小說中，像上帝般的觀點是可能的。作者與他所創造之小說世界的關係，恰如上帝與祂所創造之宇宙的關係。也就是說，作者是他作品中一切人、地、事的最終根源，而且對他想像中的一切生物瞭若指掌。但他應該決定是否要去開發他那特殊的知識，也就是說，他應該找出最合適於他要述說之故事的觀點。因此，觀點的選擇乃是作家所應該做最重要的選擇。

豐氏在作品中以全知觀點爲主。全知的敍述者對每一件事都能了解。他能隨意進入人物的內心深處，並直接告訴讀者，某個人物正在想些什麼。這種觀點是傳統小說中最常用的。基本上它是受評書的影響，評書在近代以來還有別的名稱，如評詞、說書、講古。作爲近代的評書形式，淵源於唐、宋以來的「說話」（講故事），元朝的「平話」。評書是我國廣大人民長期以來喜愛的民間傳統的說講藝術，也是口頭曲藝文學形式之一。從曲藝發展史來看，它是從上古社會人民講故事和說笑話的口頭文學形式，經過歷代人民大衆長期在口頭上琢磨、加工創造，而成爲的獨具民族藝術風格和地方語言色彩的，只說不唱的故事形式。評書，它就是由一個演員一邊用口語敍述；一邊穿插上必要的評論的故事作品。這種評書的重要藝術特點是「有講有評」，即一面敍述故事人物；一面發表演員的感受。所謂「有講有評」的方式，就是「又講又評」。演員有時是以第三人稱的語言來表演，有時是以第一人稱的語言扮演故事中種種角色，而二者往往巧妙地結合在一起。申言之，所謂「有講」是指敘事觀點，「有評」則屬「見事觀點」，合而言之，則實爲全知觀點。在豐氏作品中，如〈獵熊〉、〈姚晏大醫師〉、〈三層樓〉、〈赤心國〉等篇，雖然是第三人稱的觀點，但是由於「非情節因素」的「見事觀點」之介入，我們仍將它歸之爲全知敘事觀點。至於〈生死關頭〉一文，文中用「他」作爲敘事觀點，全文用了四十八個他字，實在是有商討之必要。

就敘事結構言，雖有人物、環境、事件等不同結構中心之別，而豐氏作品中三者也皆備，但仍以「事件」爲結構中心爲多，這是古典小說的主要敘事結構，也是故事（或民間故事）的敘事結構的基本模式。

總之，豐氏作品主要是以故事爲主，並且有民間故事的特色。就中國風格與中國氣派而言，豐氏作品比葉聖陶童話更具鮮明濃郁。

廣義的民間故事包含神話、傳說、與民譚。而狹義的民間故事是指民譚而言。

民間故事是專供消遣娛樂的故事，但也有歷史的價值，因爲其中的背景可以表示它成立時的實際社會狀況。

我們可以說狹義的民間故事，就是大衆的集體性創作。它是以通稱的人物，廣泛的背景，在完整而又富有趣味的情節中表現人民生活和思想的口頭散文作品。所謂通稱的人物，就是說民間故事的主人公，不管是大人或小孩，在多數的情況下，都沒有確切的姓名。民間故事與傳說的差異，不但在其性質不像傳說的嚴重，其形式也有不同，即1.人物無姓名。2.無一定的時間與地方。3.有一定的構造及結局。由上可知傳襲的故事可分爲二類，即當作事實的神話與傳說及專供娛樂的民間故事。

民間故事的種類很多，略擧數種於下。動物故事（beast tales）其主人公是動物，但卻能夠說話、動作如人類。這一種故事在蠻族中較多。蠻人對於物類的分別似乎不很明瞭，而且故事中動物的動作也常非其本身所可能。例如兔和象租耕一個人的田地；燕子請公雞吃飯；野兔的妻去河邊挑水，被鱷魚抓去；烏龜在長老會議中訴說牠的不平，都很好笑。但在這種故事中，關於心理方面的描寫卻很精確。這一個强橫，那一個狡猾，別一個又很懶惰，都能表現出來。愚人故事（drolls）是滑稽的故事。以愚人的愚笨爲主題，文明民族中也常有之。層積的故事（cumulative tales）是由形式而論，不是由題材的。

在其中的每段必重述以前的各段，以至於「極點」，以後又依次退下。儀式的諷誦文也常有這種形式。寓言（apologues）是含有意識的及道德的目的而構成的，所以與諺語相類。在非洲西部土人中，這種短篇故事且可引為法律上的準則，以供裁判的參考。

民間故事自然是多由傳襲而來，但民間故事也極易於流播。世界上的民族，不易於互相同化其習慣的，或者也會同化其民間故事；可見民間故事是富於傳播性的了。民間故事題目的變化及其分佈是很重要的現象。題目的選擇不但由於環境，而且由於種族的特性。有的民族喜歡帶說明性的，有的則傾於帶教訓性的，有的則專愛怪異性的。其吸收外來的民間故事也必由於自己民族的特性及環境而定。

對於神話、傳說、民間故事的分別，美國學者伯司康氏（William R. Bascom）有一簡明之標準。他以當地人對該種口語文學之信仰與否、所持的態度、該口語文學本身內容之時間及空間背景等四項為區分類別之標準。神話之標準乃說者與聽者都認為其內容為眞實者，以神聖之態度視之者，神話所述內容之時間背景屬於遠古，空間為另一世界，或與現實世界不同之世界。神話內容雖常具解釋性之母題，但並非每一神話皆具此種母題。傳說亦以說者聽者信以爲眞爲辨類標準之一，但不如神話之被視爲神聖；內容之時間背景爲近代，空間爲現實世界。內容常說及一民族之遷移，頭目家之歷史，部落之歷史，某些人對於某些事物之權利等等。在無文字之社會中，傳說即歷史。傳說常缺乏證據證明其正確性。但即使有證據否定一傳說之正確性，如說者與聽者仍信以爲眞，則傳說仍爲傳說。此類例子在文明社會中亦甚多見，如華盛頓砍櫻桃樹。民間故事的標準最爲簡單，無神話與傳說之特性，其內容皆被認爲虛構，內容之時空背景不受限制。它的主要功能在消遣娛樂，其種類可由內容之角色及結構再細作分類。

上述神話、傳說、民間故事之區分標準可簡列成下表：

類別	信仰	態度	時間	空間
神話	事實	神聖	遠古	另一世界或不同世界
傳說	事實	世俗	近代	現實世界
故事	虛構	世俗	任何時間	任何地方

以下就人物、時間、空間等觀點，逐篇分析並列表，並論定其文體如下：

篇名	人物	時間	空間	文類
博士見鬼	林博士、林太太	不確定的現代	某地的農村	民間故事
伍圓的話	伍元	抗日到勝利後	沿途逃難	童話
一簣之功	一位寡婦	從前	四川省西部（自流井）	民間故事
油缽	國王、宰相、小官	古代	南方的一個國家	民間故事
明心國	一位音樂老師	抗戰期間	大後方有一個山城	童話
生死關頭	王毅	抗戰期間	大後方的荒山之中	民間故事
夏天的一個下午	爸爸、媽媽和三個孩子	某夏天的一個下午	家裡	民間故事
種蘭不種艾	父母和四個孩子	不確定的勝利後	家裡	民間故事

有情世界	阿因	不確定的年代的夢中	家裡牀上	童話
賭的故事	他（賭者）	勝利後的某新年裡	在一個大房間	民間故事
大人國	我	沒有時間的概念	這個國家在什麼地方？我忘記了。	童話
爲了要光明	萬夫	沒有時間的概念	我住在鄉村裡	民間故事
鬥火車龍頭	火車龍頭	民國初期	某大都市郊外一塊廣大的空地	民間故事
毛廁救命	我、他	一九三九年	重慶	民間故事
獵熊	獵人父子	不確定的陽春三月的一天	山中	民間故事
姚晏大醫師	姚晏	從前	在一個城市，有一家報館	民間故事
騙子	富翁、大畫家	沒有時間的概念	有一處地方，很大的城市裡	民間故事

銀窖	王老闆	抗戰時期	江南有個鎮	民間故事
貓叫一聲	貓、伯伯、老媽子		空間一直變換	民間故事
三層樓	三層樓房子	沒有時間的概念	有一個地方，有一座三層樓房子	童話
赤心國	一個軍官	抗戰時期中	在近海某城市中	童話
小鈔票歷險記	一角小鈔票	北伐與抗戰前之間	歷經周折	童話
新枚的故事	流氓、老人、幾個壯年人	不確定的有一天	一處地方的曠野中	生活故事

豐氏作品中雖然有濃郁的民間故事的特色，但是卻無幻想故事（或稱民間童話）的格式。

最後，我們再從敘事語式來考察豐氏作品在語言方面的應用，所謂敘事語式是指敘述者的語言表達方式。文學創作中常用的藝術表現方式有敘述、描寫、抒情和議論四種。這四種表現方式在作品中往往是交互使用的，但也常因體裁的不同而有側重。如抒情詩就側重於抒情，論說文就側重於議論，而故事體則側重於敍述和描寫。

敍述是對客體事物的一般說明，是對人物、事件、環境的樸質粗略的介紹。描寫則是對客觀事務的具體刻劃，是對人物、事件、環境的生動、形象的描寫。我國唐以前的小說大都是敍述，描寫很少。唐傳奇也是敍述多於描寫。從宋元話本到後來的小說，隨著藝術表現經驗的累積和技巧的進步，描寫的成分愈來愈多，敍述和描寫的種類也愈來愈多。劉熙載在談到散文的敍事種類時說：

> 敘事有特敘、有正敘、有帶敘、有實敘、有借敘、有詳敘、有約敘、有順敘、有倒敘、有連敘、有截敘、有預敘、有補敘、有跨敘、有插敘、有原敘、有推敘，種種不同。惟能線索在手，則錯綜變化，惟吾所施。（見七十四年九月漢京版《藝概》卷一〈文概〉，頁42）

他雖然講的是散文，對於故事體大致上也是適用的。至於描寫，在古典小說中同樣也是日趨細膩，日趨完善。許多優秀作品的形象化的描寫，達到了非常眞切、非常高超的地步，使讀者如臨其境，如聞其聲，如見其人。而且描寫的種類也多種多樣，有人物描寫、事件描寫、環境描寫、風景描寫、細節描寫、正面描寫、側面描寫等等。

敍述與描寫是故事體創作中兩個基本的表現方法。在構成作品的形象上，敍述的作用不及描寫；但在對社會生活和人物的粗略介紹上，在情節的結構上，敍述的作用又決非描寫所能企及。但就小說而言，描寫的方法似乎更爲重要一些。這是由於文學與文體的特徵決定的。文學的根本特徵是形象，而小說的特徵又是在於人物。因此，在小說中要構成形象，固然需要敍述，但尤其需要描寫。

豐氏作品基本上不是小說，而是故事、童話。故事的重心在於事件本身，以敍述爲主。童話的重心是在於情節，描寫成分加重。但由於豐氏作品要以故事爲主。因此在語言的表現方法上是以敍述爲主，況且豐氏作品頗受傳統說書等民間故事的影響。是以在作品中以簡明的敍述和粗線條的勾畫爲主，一般不對人物環境實行精雕細刻，但很注重描寫人物的對話。可以說是粗中有細，粗細結合，表達明快有力。民間故事藝術上的明快簡捷，同面對聽衆口頭講述的語境有關（豐氏作品要皆緣於對孩子的笑話閒談）。口頭講述故事要求迅速展開情節以抓住聽衆，在靜止狀態中細致地刻劃形容人物、環境都會招致聽衆厭煩。而且口頭講述時可以用肢體語言來補充語言的不足。然而，就書面閱讀而言，豐氏作品中如〈毛廁救命〉、〈鬥火車龍頭〉、〈賭的故事〉、〈一簣之功〉、〈貓叫一聲〉等篇，其間那種「非情節因素」的敍述，實在是有走火入魔之嫌。

又就語文本身的遣詞用字而言，豐氏作品中仍有文言化、成人化的成分在。如〈博士見鬼〉一文，雖能引人入勝，但遣詞用字實在不夠口語化、兒童化。

第四節 餘論

總結前面三節所論，我們可以了解豐氏作品中，能稱之童話者實在不多。因此，他在童話上的成就是無法和葉聖陶相比。

從現代童話創作發展的歷史考察言，葉氏童話王泉根於《中國現代兒童文學史》一書中，認爲有下列三方面的成就：

第一、直面人生，擴大題材，把現實世界引進童話創作的領域。

第一、著眼兒童，注意兒童情趣，不斷探索童話創作的藝術形式。這是葉聖陶對發展現代童話創作又一方面的重要貢獻。

第三、鮮明濃郁的中國風格與中國氣派，這是葉聖陶童話又一方面的重要特色，也是他對發展現代童話創作的又一貢獻。（以上詳見河北少年兒童出版社本，頁67～78）

葉氏是我國現代童話的奠基者，他開創了從中國的自然鄉土和社會現實創作童話的時代，是中國現代童話的起點、標點和典範。而豐子愷的創作一般說來，是在葉氏《稻草人》出版之後的二十年左右，且豐氏在兒童文學史上的地位亦不顯著，如今擬以葉氏在創作童話的成就來檢視豐氏的作品，並略述其地位，以下試分別論述之：

首先，就「擴大題材，把現實世界引起童話創作的領域」言。取材於現實生活，是作爲一個「爲人生而藝術」者的必然趨向，也是當時大環境的趨勢。豐氏作品皆取材於現實生活，就童話而言，儘管是描寫理想的社會，但作品的現實性卻是非常强烈的，且深刻地觸及了時弊，表明了作者鮮明的思想傾向。但由於他一生信佛，再加上在音樂、美術上的造詣，使他獨具一格的漫畫風格，逐漸在他的作品中顯露出與衆不同的特色。音樂優美的旋律、明快的節奏、美術柔和的色彩、清晰的線條幫助他，使他的作品的意境也變得十分優美和諧，充滿了詩情畫意和豐富的想像力。漫畫藝術的誇張、諷刺和幽默也增添了他作品的情趣。因此，他的作品不流於刻薄與尖銳。在童話作品中，以〈有情世界〉最具充滿想像力和優美境界。至於在其他的故事中，雖有取樣於古籍、民間故事，但亦皆落實於現實生活。其中有些故事頗能在平凡的事物中寫出生活的哲理，給予小讀者有益的啓示，這是豐氏作品中的轉進與特色。

其次，就「著眼兒童，注重兒童情趣，不斷探索和完善童話創作的藝術形式」言。這是豐氏無法與葉聖陶相提並論之處。雖然，豐氏保有童心，時常爲孩子說故事，與子女打成一片，甚至與孩子爭看兒童刊物（見《文集》册六，407～408〈我與「新兒童」〉一文），而他的心也爲「天上的神明與星辰，人間的藝術與兒童」所占據。（見《文集》册五，頁112～116〈兒女〉一文）。平時亦頗能注意觀察孩子的神態動作，善於捕捉兒童生活中富有情趣的片斷和瞬間，創作出許多維妙維肖的兒童畫和膾炙人口的兒童散文。可是在兒童文學創作裡，卻似乎是使不上力，其間要以〈有情世界〉最能展現了兒童生活的世界。又就語言藝術言，豐氏作品似乎缺乏明白、曉暢、生動、活動的兒童化特點。

至於就「鮮明濃郁的中國風格與中國氣派」言，似乎正是豐氏作品的最大特色，其鮮明濃郁成分比葉聖陶作品有過而無不及。

首先，豐氏作品的題材雖然是來自中國的現實生活。但是作品的素材則緣於傳說、民間故事與古代的詩詞。主題是從民族土壤中發掘出來的，與過去那種襲用外國題材的童話完全不同。

其次，豐氏作品所描寫的人物的生活環境與鄉土風光、民間風俗、時令節序、道德觀念等等，完全是「中國式」的，是以民族特有的文化傳統和心理素質的具體表現，充滿著濃郁的社會生活內容和民族生活氣息。

更重要的是豐氏作品的表現形式，頗受說書與民間故事的影響。我們可以說豐氏創作的兒童文學作品中，要皆以故事爲主，其中童話實在不多。而其價值與地位亦無法和他的散文、漫畫相比。但個人相信豐氏作品中篇篇皆有內涵，質樸、眞誠、有情有趣。這是豐氏作品的特色。所謂有內涵，是指有意識爲兒童寫作，亦即是《博士見鬼》序中所說的「但笑話閒談，我也不歡喜光是笑笑而沒有意義。所以其中有幾篇，仍是茯苓糕式的：一篇故事，背後藏著一個教訓。」而質樸，是故事本身的特色所在，亦是語言表達的方式，更是指取材於現實生活中平凡的事物而言。至於眞誠，則是人格的體現，豐氏一生信佛，宣傳護生戒殺，勸人愛惜生命，戒除殘殺，由此而長養仁愛，鼓吹和平，這是眞誠的具體表現，而有情有趣是愛與童心。

總之，豐氏的故事、童話雖不如葉聖陶童話的成就。可是，從歷史的洪流來看卻有它存在的意義。洋務運動、戊戌維新、辛亥革命應該說都是一部分中國知識分子，企圖利用西方文化的部分輸入來補救中國傳統文化，結果都失敗了。於是出現了死裡求生的「五四」運動，對傳統文化作了最嚴厲的批判與揚棄。當時許多新文化的倡導者極其眞誠地希望傳統文化從此消滅，讓西方新文化獨領風騷。在文學上，有文學研究會提倡「爲人生爲而藝術」的現實主義，而後有左翼聯盟，當時的情況正是內憂外患。實際上三十年代是馬克思主義文藝理論與中國現實主義文學同時興盛發展的時代。當時出現了這樣的依存關係：現實主義文學依附於馬克思主義的深遠影響，成爲中國新文學的主潮；馬克思主義也通過現實主義的文學來實行它對文學的指導。現實主義要求文學能夠反映社會發展的歷史趨向，同時也可以說，是馬克思主義給作家提供了認識社會歷史趨向的方法。在舉世作家皆奉行現實戰鬥精神，同時也制約著他們的文學實踐的時代裡，能有如豐氏如此具有傳統與民族風格的作品，可說是現實戰鬥聲中的一支牧童的短笛，不時洋溢著鄉野傳統的氣息。所謂豐氏童話，是錯置的用詞；而豐氏作品更是錯置時代的產物。惟其錯置，更能顯示其堅毅篤定的愛與同情。豐氏作品是兒童文學創作的另一條寬廣的道路，更象徵著民族生命力從窒息狀態中逐漸復活過來。而事實上，豐氏兒童文學作品也逐漸受到重視與肯定。楊牧於〈豐子愷禮讚〉有云：

乃知豐子愷確實是二十世紀動亂的中國最堅毅篤定的文藝大師，在洪濤洶湧中，默默承受時代的災難，從來不徬徨吶喊，不尖酸刻薄，卻又於無聲中批駁喧囂的世俗，通過繪畫和文學，創作和翻譯，沈潛人類心靈的精極，揭發宇宙的奧祕，生命無常和可貴。（見《豐子愷文選》，頁9）

最後，個人亦認爲豐氏「爲兒童而創作的」作品，實在比不上「寫兒童的」作品。在寫兒童的作品裡，那種「情眞、寫生和童趣」的特點（詳見蔣風主編《中國現代兒童文學史》，頁276～279），實在令人感動不已。有關豐氏「寫兒童的」作品之成就，已自有公認，以下試引楊牧〈豐子愷禮讚〉的幾段話作爲本文的結束：

兒童是豐子愷的「大自然的虔信」最落實，最親切的題材。他不但記述自己的童年時代，幻想和喜悅，疑問和好奇，在回憶中編織一面又一面彩色透明的網紗，使我們為之神往，體會我們自己童年的痕迹，如笑聲震盪，如淚眼婆娑；他不但深入思維阿難短暫的生命，在其中理出無限智慧的啟發；他更時常輕描淡寫他和孩子們生活在一起的溫馨情感。讀豐子愷散文，於此一題材所見最多最動人。他寫送孩子們赴考的經驗，溫文爾雅，充滿體貼的語調；他為孩子們的急功近利感到好笑，但並沒有責備，反而非常同情。文章以牽牛花爬高為啟為結，頗有禪偈之意，但也僅止於點到，不忍心渲染。〈山中避雨〉一文甚為谷崎潤一郎所讚美，但谷崎喜歡的是文中的胡琴；我讀此文，覺得山雨也好，茶店也好，胡琴也好，都不如一左一右歡喜興奮的兩個小女孩生動，不如村裡圍攏合唱〈漁光曲〉的青年可愛。他們齊唱歡笑，「一時把這苦雨荒山鬧得十分溫暖。」谷崎看出豐子愷的主題是音樂的力量；我卻覺得音樂其實並不能使苦雨荒山溫暖，是孩子們使它溫暖，而我也相信豐子愷的筆意應當在此。他的隨筆散文中，處處有孩子的聲色。如〈沙坪小屋的鵝〉、〈白象〉，並不以孩子為主題，但也因為純潔童心的介入，更呈生動。

至於他特別為孩子們寫的文字，更是氣韻飽滿，感情豐富。〈作父親〉筆調如其漫畫，令人愛不釋手，讀完後，不免覺得「在這一片天真爛漫光明正大的春景中」，孩子的哭聲和笑聲是揉合在一起了！沒有邪念，只充滿生長的希望，在他細心描寫的世界裡：「庭中的柳樹正在駘蕩的春光中搖曳柔條，堂前的燕子正在安穩的新巢上低徊軟語」。我想中國自有新文學以來，沒有一個人曾經把兒童的聲色如此動人地納入大自然的時序移轉中，毫不做作，直臻人生宇宙的化境。果然，在〈兒女〉文中，豐子愷直接說道：

「近來我的心為四事所占據了；天上的神明與星辰，人間的藝術與兒童。這小燕子似的一羣兒女，是在人世間與我因緣最深的兒童，他們在我心中占有神明、星辰、藝術同等的地位。」

豐子愷對兒童充滿感情，但他不是濫情的。他直接為兒童寫的〈給我的孩子們〉和〈送阿寶出黃金時代〉，於平淡中不斷翻出動人的心事，寫明他自己的精神，也寫明兒女的姿態和性格；不但他自己的兒女的姿態和性格，更擴充為一個智者對於天真的禮讚，對於純潔的普遍的歌頌。相對於他這種純粹親切的聲調，豐富飽滿的文體，我們終於覺悟，冰心的同類文字之所以逐漸被淘汰在文學的泥淖裡，無非濫情做作使然，經不起時間的考驗，勢必消逝於我們記憶的背面。豐子愷恆久鮮明，動人最深，因為他除了敏感和想像，還保有一份可貴的赤子之心。（同上，頁5～7）

參考書目

壹：

書名	編／著者	出版者	出版日期
童話論集	趙景深著	上海開明書局	一九二七年九月
魯迅論兒童教育和兒童文學	蔣風編	少年兒童出版社	一九六一年九月
一九一三～一九四九兒童文學論文選集		少年兒童出版社	一九六二年十二月
兒童讀物研究第二輯（童話研究）	吳鼎等著	小學生雜誌社	一九六六年五月
童話研究	林守爲著	自印本	一九七〇年十一月
小說的分析	William Kenney著 陳迺臣譯	成文出版公司	一九七七年六月
童話與兒童研究	松村武雄著	新文豐出版公司	一九七八年九月
文學研究會與創造社	陳敬之著	成文出版公司	一九八〇年五月

民間文學概論	鍾敬文主編	上海文藝出版社	一九八〇年七月
晚清兒童文學鈎沈	胡從經著	少年兒童出版社	一九八二年四月
兒童文學小論	周作人著	里仁書局影印	一九八二年七月
中國古典小說藝術欣賞	賈文昭、徐召勛著	里仁書局	一九八三年三月
中國評書評話研究	譚達先著	木鐸出版社	一九八三年六月
小學語文教材簡史	李伯棠編著	山東教育出版社	一九八五年三月
周作人與兒童文學	王泉根編	浙江少年兒童出版社	一九八五年八月
中國現代兒童文學史	蔣風主編	河北少年兒童出版社	一九八六年六月
童話學	洪汎濤著	安徽少年兒童出版社	一九八六年十二月
現代兒童文學的先驅	王泉根著	上海文藝出版社	一九八七年九月
形名學與敍事理論	高幸勇著	聯經出版公司	一九八七年十一月

中國兒童文學史（現代部份）	張香還著	浙江少年兒童出版社	一九八八年四月
童話藝術思考	洪汛濤著	希望出版社	一九八八年五月
中國現代文學社團流派（上卷）	賈植芳主編	江蘇教育出版社	一九八八年五月
新故事創作技法談	王國全著	上海文藝出版社	一九八八年十月
中國兒童文學大系 理論一	蔣風主編	希望出版社	一九八八年十一月
故事學綱要	劉守華著	華中師範大學出版社	一九八八年十二月
論童話寓言	陳子君、賀嘉、樊發稼主編	新蕾出版社	一九八九年一月
中國現代兒童文學文論選	王泉根評選	廣西人民出版社	一九八九年八月

童話辭典	張美妮等編	黑龍江少年兒童出版社	一九八九年九月
中國兒童文學大系童話一	浦漫汀主編	希望出版社	一九八九年十月
當代敘事學	華萊西・馬丁著 伍曉明譯	北京大學出版社	一九九〇年二月
童話藝術空間論	孫建江著	湖北少年兒童出版社	一九九〇年二月
古今中外文學拔萃（中國童話卷）	柯岩主編	青島出版社	一九九〇年三月
中國小說敘事模式的轉變	陳平原著	久大文化公司	一九九〇年五月
童話的世界	相博著	久大文化公司	一九九〇年六月
茅盾的心	金燕玉著	南京出版社	一九九〇年六月

童話寫作研究	陳正治著	五南圖書出版公司	一九九〇年七月
鄭振鐸和兒童文學	鄭爾康、盛巽昌編	少年兒童出版社	一九九〇年十一月
茅盾和兒童文學	孔海珠編	少年兒童出版社	一九九〇年十一月
葉聖陶和兒童文學	韋商編	少年兒童出版社	一九九〇年十一月
世界童話史	馬力著	遼寧少年兒童出版社	一九九〇年十二月
外國童話史	韋葦著	江蘇少年兒童出版社	一九九〇年十二月
域外引介集	魯迅著	風雲時代出版社	一九九一年八月
中國童話史	金燕玉著	江蘇少年兒童出版社	一九九二年七月
中國兒童文學現象研究	王泉根著	湖南少年兒童出版社	一九九二年十月

認識童話	林文寶主編	中華民國兒童文學學會	一九九二年十一月
世界著名童話鑒賞辭典	進生、彭格人等編著	海潮出版社	一九九三年一月

貳：

書名	編／著者	出版者	出版日期
貓叫一聲	豐子愷著	上海萬葉書局	一九四七年九月
藝術趣味		臺灣開明書店	一九六〇年四月台一版
緣緣堂隨筆	緣緣堂主人著	臺灣開明書店	一九六八年十月台一版
東廂社會	豐子愷著	沃土書店	一九七五年六月洪版

護生畫集（全套六集）	豐子愷畫著	純文學出版社	一九八一年八月台一版
豐子愷文選	楊牧編選	洪範書店	一九八二年一月
豐子愷文選Ⅱ	楊牧編選	洪範書店	一九八二年四月
豐子愷文選Ⅲ	楊牧編選	洪範書店	一九八二年五月
豐子愷文選Ⅳ	楊牧編選	洪範書店	一九八二年九月
豐子愷故事集	豐子愷著	香港山邊社	一九八五年七月
豐子愷論藝術	豐子愷著	丹青圖書公司	一九八七年一月台版
豐子愷傳	豐一吟編	蘭亭書店	一九八七年三月
豐子愷	豐一吟編	學林出版社	一九八七年十月
豐子愷漫畫文選集（上下）	文學禹編	渤海堂文化公司	一九八七年十一月
豐子愷精品畫集	豐子愷畫	芋詹院（新加坡）	一九八八年八月
豐子愷研究資料	豐華瞻、殷琦編	寧夏人民出版社	一九八八年十一月

豐子愷連環兒童漫畫集	豐子愷畫	純文學出版社	一九八九年四月
夏丏尊、豐子愷	侯吉諒編輯	海風出版社	一九八九年八月
豐子愷文集（一至四）藝術卷（一至四）	豐陳寶、豐一吟、豐元章編	浙江文藝出版社、浙江教育出版社聯合出版	一九九〇年九月
有情世界	豐子愷著 兮法師解說	法喜出版社	一九九一年二月
閒話豐子愷	陳星著	世界文物出版社	一九九一年八月
人間的關懷豐子愷漫畫選繹	明川著	書林出版公司	一九九一年十二月
青少年豐子愷讀本	陳星編選	業强出版社	一九九二年一月
豐子愷集外文選	殷琦編	上海三聯書店	一九九二年五月
人間情味	陳星著	佛光出版社	一九九二年六月

豐子愷文集（五至七）文學卷（一至二）	豐陳寶、豐一吟、豐元草編	浙江文藝出版社、浙江教育出版聯合出版	一九九二年六月
回憶父親豐子愷	豐華瞻、戚吉蓉等	大雁書店	一九九二年十月
功德圓滿（護生畫集創造史詩）	陳星著	業强出版社	一九九四年六月

參：

書名	編／著者	出版者	出版日期
中國現代化與知識分子	金耀基著	言心出版社	一九七七年四月
中國近代思想史論	王爾敏著	華世出版社	一九七七年四月
金耀基社會文選	金耀基著	幼獅文化事業公司	一九八五年三月
歷史講演集	張玉法著	東大圖書公司	一九九一年九月

試論我國近代童話觀念的演變

兼論豐子愷的童話

著　　者：林文寶
發 行 人：許錟輝
責任編輯：李冀燕
出 版 者：萬卷樓圖書有限公司
台北市羅斯福路二段 41 號 6 樓之 3
電話(02)23216565・23952992
FAX(02)23944113
劃撥帳號 15624015
出版登記證：新聞局局版臺業字第 5655 號
網站網址：http://www.wanjuan.com.tw/
E -mail：wanjuan@tpts5.seed.net.tw
經銷代理：紅螞蟻圖書有限公司
台北市內湖區文德路 210 巷 30 弄 25 號
電話(02)27999490
FAX(02)27995284
承印廠商：晟齊實業有限公司
電腦排版：浩瀚電腦排版股份有限公司
定　　價：200 元
出版日期：民國 89 年 10 月初版

ISBN 957-739-309-8